ぜえろく武士道覚書

討ちて候

上

写真・文　編集部

番士詰所はひっそりと沈黙していた。しかし重苦しい気配が明らかに漂ってくる。殺気ではなかった。あくまで重苦しい気配だった。それも幾十もの鉄砲、弓矢、刀剣が蠢《うごめ》く鉛色の気配だった。

番士詰所を北へ進み西へ折れると、いきなり血の塊が激しくぶつかってきた。思わず反撃の構えをとったが、それは血の塊などではなく、真紅に染まった鮮やかな楓であった。けれども姿なき異様な何かがその陰に確かにいた。

徳間文庫

ぜえろく武士道覚書

討ちて候　上

門田泰明

徳間書店

目次

第一章

一

「降ってきたか……」

汚れの目立つよれよれの着流《きなが》しに二本差し、という如何《いか》にも金《かね》に縁《えん》が無さそうな侍は、不精髭《ぶしょうひげ》に覆《おお》われた顔で夕焼けが残っている西の空を仰《あお》いだ。

その顔に夕雨が、ぽつりぽつりと落ちてくる。

「お前の涙雨《なみだあめ》かのう……止《と》めてくれるな、足が鈍《にぶ》る」

呟《つぶや》いて侍は、ゆっくりと振り向いた。

直《す》ぐの所にさほど大きくも立派でもない山門があって、侍はその奥に在《あ》る寺院の住職にたった今、若い女の骨壺《こつつぼ》と永代供養《えいたいくよう》の金を預けてきたのだ。骨壺に入った女の菩提寺《ぼだいじ》が、この寺院だった。

侍は歩き出した。足元の擦《す》り切れた薄い雪駄《せった》は、長旅の証《あかし》、とでもいうのであろうか。

べつだん急ぎも慌《あわ》てもしていないその歩き様《よう》が、これからの行く当てがまるで無いかのようだった。

夕雨は音なく弱弱しく霧のように静かに降り続いた。

「ご免なさいやし」

㊚を背に染《そ》め抜《ぬ》いた法被《はっぴ》を着て道具箱らしいのを肩にした職人風が、腰を遠慮気味に下げ小走りに侍の脇を擦り抜けていく。

次第に人の往《い》き来が無くなり始めている、内《うち》の御堀《おほり》(内堀)に沿った通りである。

「ともかく今宵《こよい》の宿を見つけねば……」

と思うてはみたものの侍の懐《ふところ》には、あまり金が残っていない。若い女の骨壺を預けた寺の住職に、そのために用意してきた五十両に自分の旅の費用のほとんどを合わせて、差し出していた。

懐がすっかり心細くなってはいたが、骨壺の中で永遠《とわ》の眠りについている女のためには、まだまだしてやる事が不足していると思っている侍だった。

それほどの女《ひと》が骨壺の中で眠っていた。

幕府中枢《ちゅうすう》の隠密機関に属し、活動拠点を京《みやこ》に置いて暗殺任務の秘命を帯びていた女だった。その女が「女として」侍に心を許し、隠密機関を裏切り、その挙げ句、命を落とした。侍に迫った隠密機関の「刃」から、身を賭《と》して侍を守ったのだ。

歩き続ける侍の頭上で不意に夕雨が止《や》み、彼はゆったりとした歩みはそのままに、空を仰ぎ見た。

ほんの先程まで西の空に残っていた夕焼けが、赤黒く変わって、闇《やみ》の訪れが近くなっていることを告げている。

少し先に外《そと》の御堀（外堀）に架《か》かった神田橋御門《かんだばしごもん》が見え出していたが、それがそうだとは知らぬ不精髭《ぶしょうひげ》の侍だった。

「西も東も判らぬなあ」

女の骨壺を、よくぞ目的の寺に間違うことなく届けられたものだと、侍は歩き続けながら感心した。

「今宵はこの寺に泊《と》まり、粥《かゆ》の一膳《いちぜん》でも啜《すす》って下され」

優《やさ》し気な住職にそう勧《すす》められたのを丁重《ていちょう》に辞して、寺をあとにした侍であった。庫裏《くり》でひと晩世話になると、骨壺から離れられなくなる不安があったからだ。もう一度生き返ってくれ、という思いに未だ侍は苦しめられている。

「さてと……」

侍は神田橋御門を右手に見て通り過ぎ、鎌倉河岸《がし》を一町《ちょう》半ばかり行って足を止めると辺りを見まわした。この頃《ころ》の鎌倉河岸とは、神田橋御門先から、おおよそ次の常盤橋《ときわばし》までの、外の御堀に沿った界隈《かいわい》を指《さ》す。時代が下がると鎌倉河岸には町家が増えて活気《かっき》があふれるのだが、今はまだ大きな武家屋敷《ぶけやしき》が睨《にら》みを利《き》かせていた。

不精髭の侍は、武家屋敷の手前《てまえ》を左へ折れ、三河《みかわ》町の通りへと静かな足どりで入っていった。通りの右手には大屋敷、左手には小旗本、御家人《ごけにん》の小住居《こずまい》が建ち並んでいる。

はじめの大屋敷には表札《ひょうさつ》は無かったが、次の大屋敷の長屋《ながや》門の御門柱にはやや小振《こぶ》りな表札が掛かっていて、微《かす》かに残っている空の白《しら》みで辛《かろ》うじて「堀田」と読み取れた。

表札の歴史は姓《せい》の認識と無関係ではない。

が、この時代、姓を許されている武士の住居《すまい》といえども、表札が完全に行き渡っている訳ではなかった。

「堀田《ほった》か……お城そばの大屋敷となると、たぶん若年寄堀田備中守《びっちゅうのかみ》様であろうなあ」

関心なさそうに漏《も》らした侍だった。

歩みを緩めつつ堀田屋敷の前を、ゆったりと行《ゆ》き過ぎると、ようやくのこと右手に町人長屋が連《つら》なり出した。姓を持たない町人にとっては、表札など無縁《むえん》だった。侍にしても表札はそれほど重く認識してはいない。武家屋敷なんぞ自分の家であって、自分の家でないようなものだった。幕府の機嫌《きげん》を損《そこ》ねようものなら、問答無用で没収《ぼっしゅう》されたり、あっさり屋敷替《が》えさせられる。それに日常生活で誰から誰への文書の遣《や》り取りが、頻繁《ひんぱん》にある訳《わけ》でもなかった。

表札が人人の間で当たり前になり始めるのは、時代がうんと下がって——大《たい》正《しょう》時代に入って——からであるが、それは横へ置いておこう。

「ほう。いい匂《にお》いだ……」

不精髭の中で侍の顔に笑《え》みが広がった。秋刀魚《さんま》を焼《や》く匂いが辺りに漂い始めていた。

秋刀魚は晩夏に北の海から南へと下《くだ》り出し、秋に下総《しもうさ》（千葉北部から茨城南西部にかけて）の海に達する頃が最も美味《びみ》とされている。

「この時季に秋刀魚とは、潮《しお》の流れが狂ったか、それとも秋刀魚が狂ったか……ま、美味ならば、どちらでもいいが」

呟《つぶや》いた侍は、いささか空腹を覚えていた。今朝早くに骨壺を手にして保土ヶ谷《ほどや》宿の安宿を発《た》つとき、小さな目刺《めざ》し二尾《にび》が付いた湯漬《ゆづ》けを食《しょく》しただけである。

三河町三丁目、四丁目になるこの辺りには、職人の住居《すまい》が少なくない。

三河町の「三河」は、三河国岡崎出身の初代将軍徳川家康《しょうぐんとくがわいえやす》が、江戸入りに際して三河から連れてきた職人たちを住まわせたことから名付けられた。

「誰ぞ一夜、泊めてくれぬかのう」

侍が小さな溜息《ためいき》を漏らしたとき、「わっ」という叫び――男のものらしい――が背後の方角から聞こえてきて、彼は振り返った。通りは急に暗さを増していたが、一町ほどのところには堀田屋敷の白い土塀《どべい》の北の端《はし》が、まだぼんやりと見えている。

長い土塀の向こう南側は、もう下り始めた夜の帳《とばり》に溶《と》け込んでいた。

「叫び……というよりは悲鳴《ひめい》？」

侍は堀田屋敷の御門《ごもん》前まで小駈《こが》けに引き返した。

が、夕闇《ゆうやみ》を裂《さ》くような叫び声は、一度きりだった。

「堀田屋敷からのように思えたのだが……」

侍は御門前に佇《たたず》み、ちょっと首を傾《かし》げた。隣の表札なき大屋敷も物静かであった。

「はて、面妖《めんよう》な……」

不精髭の侍は白い土塀の南側路地《ろじ》へ回《まわ》り込んだ。隣の表札なき大屋敷との間にある路地である。

裏御門があった。裏御門とは言っても、小振りな造りながら、切妻の瓦屋根を持つ立派な四脚門だった。ただ、潜り門《くぐもん》は付いていない。

その裏門の手前直ぐの所で、不精髭の侍の足が止まった。

何かを感じたのであろうか。

と、裏門を挟むようにして長く伸びている高さ六尺余の土塀の上に、何かが一つ舞い上がった。

それは僅《わず》かに残った夕焼けの中に、ふわりと浮《う》いて、そして地面――不精髭侍の直ぐ目の前――に音一つ立てず下り立った。まるで忍びの如《ごと》く。

が、武士であった。身繕《みづくろ》いは悪くはない。たそがれの中で窺《うかが》える年の頃は三十二、三か。

二人は、見つめ合った。共に身じろぎ一つしない。

しかし、激突する不穏な気配は、二人の間になかった。

にもかかわらず、六尺余の土塀を見事に飛び越した武士の右手は、静かに左腰へと動いていた。同時に左手が鍔平（鍔地面とも）に触れる。

やや左足を引いて、軽く体を沈める構えであった。妖気を放っている。

「止《よ》せ。斬《き》り合う積もりはない」

不精髭侍が低い声で言うと、相手の身構えはゆっくりと消えていった。

この時になって、屋敷の中が騒がしくなり、武士は身をひるがえし駈《か》け出した。

「速いのう……侍の身形《みなり》をしておるが矢張《やは》り忍びじゃな?」

残された不精髭は呟いた。

彼は、元の表御門《おもてごもん》の前へ戻って再《ふたた》び佇んだ。

このとき、潜り門がギイッと小さく、ひと軋《きし》みした。

不精髭の侍は二段の石段を上がって潜り門に近付いた。足音を立てない。目を凝《こ》らしていると、また潜り門が軋んで、御門柱との間に僅かな隙間《すきま》の出来たことが、夜の帳《とばり》が下りた中でもはっきりと認められた。

(斬りかかってくるつもりか……)

その気配を摑《つか》んだ不精髭の侍は更《さら》に半歩潜り門に近付き、右足の裏を潜り門にそっと当てるや、上体をぐらつきもさせずに蹴《け》り飛ばした。

決して軽くはない潜り門が内に開いて人か何かに当たった。

「うっ」と小声がして一尺以上も潜り門が開き、庭先の石灯籠《いしどうろう》の明りが垣間《かいま》見える。

不精髭は潜り門を左手で更に押し開いて、邸内へ一歩入った。

「おっと……」

彼は思わず退《さ》がり気味の姿勢《しせい》を見せて、左手を軽く前に出した。

目の前で小柄ではない女が大薙刀《なぎなた》を大上段《だいじょうだん》に振りかぶっていた。石灯籠の薄明りは女の左手後方であったから、若いかそうでないかの程《ほど》は逆光でよく判らない。が、足元は白足袋《しろたび》のままであると判った。

「何者じゃ」

凜《りん》とした女の声は、澄《す》んで若若しい響《ひび》きだった。

「あ、いや。つい今しがた、この御屋敷から男の悲鳴が聞こえてきたような気がしまして……」

「そなた、浪人者《ろうにんもの》か」

〝浪人〟の下へ者《もの》を付したあたりに、女の気の強さが表われているかのようであった。

「はい。これと言った職には……」

「ならば、立ち去れい」

「しかし……大丈夫ですか、悲鳴」

「無用《むよう》の心配じゃ。立ち去らぬと斬る」

「私《わたくし》は怪《あや》しい者ではない。男の悲鳴は決して聞き間違いではありませなんだ。何事かあったのではございませぬか」

「何事もない。早く立ち去れい」

「何事もないにしては大薙刀を振りかぶっておられる。その特有の足構え手構え、今より凡《およ》そ八十年前に他界なされし井手《いで》判官《ほうがん》伝輝《でんき》坊《ぼう》殿を流祖とする天道《てんどう》流薙刀術と見ましたが如何《いか》に」

「なんと。そなた、この構えを天道流と見抜いたか……」

と、女は用心のためか一歩退《さ》がって素早く構えを変えた。

「それは骨髄剣《こつずいけん》刃落《はおとし》の構え。お見事です。美しい」

「この構えも見抜くとは……」

女はようやく構えを解いて、言葉をやわらげた。

「そなた、少しは剣をやるのか」

「野盗《やとう》にむざと殺《や》られぬ程度には少少。それに外科的な医術もほんの少し、見様《みよう》見真似《みまね》で心得てござる」

「なに。外科的医術をか……」

「はい。余りの深手《ふかで》は、ちと手《て》に負《お》えませぬが」

「左様《さよう》か……ならば……頼みがある」

女のそれ迄《まで》の強い口調はすっかり影《かげ》を潜《ひそ》めて、弱弱しい程に様変《さまが》わりとなった。

「矢張り何事かございましたな」

「爺《じい》ほか二人が斬られた」

「爺ほか二人？……ともかく先に診《み》ましょう。訳は後で聞かせて下され」

頷《うなず》いて女は「こちらへ……」と先に立ち庭の奥に向かって歩き出した。

石灯籠の脇を通り抜けるとき、侍には女の容姿《ようし》が二十歳《はたち》そこそこと判った。着ているものから、「この堀田屋敷の姫君であろうか」との見当もついた。

（白足袋《しろたび》のまま庭へ飛び出したという事は、侵入した何者かを追っての事であろう。それにしても、これ程の大屋敷であるというのに、家臣たちの気配がまるで感じられぬな）

不精髭がそうと気付いたとき、この刻限すでに閉じられている雨戸の一枚が蹴り飛ばされたように内側へ倒れ込んでいる前まで来て、大薙刀の女は振り向いた。

邸内の贅沢《ぜいたく》と思われる程の明りが庭先に漏れて、不精髭にはようやくのこと女の顔をはっきりと見てとれた。

（これはまた……大薙刀には不似合いな何というお美しさ……）

侍は不精髭の中で微笑《ほほえ》むと、「お願い致す」という女の言葉を待たずに雪駄《せった》を脱《ぬ》いで縁《えん》に上がった。

直ぐの所で身形《みなり》から軽輩《けいはい》と判る男二人が、小刀《こがたな》を足元に投げ出し仰向《あおむ》けに倒れている。

二人とも白目をむいてはいるが、出血している様子はない。

(峰《みね》打《う》ちか……)と判断した不精髭は、「しっかりなされませ」と言う女の声が聞こえてきた少し先の部屋へ急いだ。

大薙刀の女が不精髭の後に、足音立てぬ早摺《はやす》り足《あし》で従う。

前を行く不精髭が訊《たず》ねた。

「薙刀は何年修行なされましたか」

「五歳の頃よりやっておる」

「皆伝を許されたが、目録《もくろく》の域に達した御腕前か、と見ましたが」

「自分ではまだ、その域に達してはいないと思うているのじやが」

「皆伝をですか。それは、たいしたものです」

二人の会話はそこで終り、不精髭は障子《しょうじ》が開《あ》いている座敷《ざしき》へ勢いよく入った。

身形から女中と判る四人が、仰向けに倒れた老武士の左足首と右の頬《ほお》それに右の肩を白布で押さえたり励ましたりと、うろたえていた。

ただ、血しぶきは然程《さほど》、畳や壁を汚してはいない。

大刀が一振り老武士の足元に転がっている。

「どれ……」と、不精髭は老武士のそばに片膝《かたひざ》ついた。

大薙刀の女は老武士の頭の上に正座をして身じろぎ一つせず、不精髭の一挙一動《いっきょいちどう》を見守った。油断《ゆだん》のない目つきをしている。二重《ふたえ》の涼《すず》し気《げ》な目許《めもと》ではあったが。

不精髭は四人の女中を、手ぎわよくてきぱきと動かした。大行灯《あんどん》を三つ持ってこさせ老武士の足元と肩先《かたさき》に置くよう指示《しじ》したり、冷水《れいすい》と熱い湯の入った手桶《ておけ》を用意させたりと、迷っていない。

そして懐《ふところ》から何やら包んだ油紙《あぶらがみ》を取り出して開くと、出てきたのは針《はり》、糸、メスなどであった。

老武士は、ぴくりとも動かない。が、呼吸はしっかりとしている。

「頰にくらった一撃で意識を失ったのであろうが大丈夫のようだ。頰から縫合するから行灯を、も少《すこ》し右へ」

「はい」と女中の一人が行灯を動かした。

「それとこの季節、シブキ（ドクダミとも）がそろそろ庭の何処《どこ》かで繁《しげ》っていよう。どなたか小行灯を手に探して葉を二、三十枚ちぎり擂《す》り鉢《ばち》の上で揉《も》み潰《つぶ》して下され」

「承知致しました」と、女中の一人が不精髭の言葉が皆まで終らぬうちに、座敷から出ていった。

生《なま》のシブキに強力な抗菌作用《こうきんさよう》のあることが突《つ》き止《と》められたのは近代社会になってからだが、それでもこの時代の医者たちは経験的にそれを知っていた。

シブキは待つほどもなく、女中が見つけてきた。

不精髭は老武士の傷口をあざやかに次次と縫《ぬ》い合わせ、揉み潰したシブキを張り付けて白布で巻き、それで終りであった。

要した時間は他愛《たわい》ないほど短い。

大薙刀の女は礼の言葉を忘れ、呆気《あっけ》に取られたように不精髭の侍を見つめた。

二

「いい気持だ」

檜《ひのき》の香《かお》り豊《ゆた》かな浴槽《よくそう》に首の上までつかって、不精髭は目をつむった。今朝早くに保土ヶ谷宿を発って江戸入りしたものの、まだ泊《と》まる宿が決っていない浪浪の身、と事情を打ち明けると「それならば今宵《こよい》は当屋敷《とうやしき》へ泊まりなされ」と大薙刀の女に勧められ有り難く受けた彼であった。しかし、お互いにまだ正式に名乗り合ってはいない。

彼は熱《あつ》めに沸《わ》かされた湯で不精髭を充分にやわらかくすると、浴槽から出て予《あらかじ》め用意してあった鋭い両刃《りょうば》小柄《こづか》で髭を剃《そ》り出した。

顔を映す銅鏡などの用意が無いというのに、月代《さかやき》、顎《あご》、頬を掌《てのひら》で撫《な》でるなどしながらの、器用な剃り業《わざ》であった。それに加え、なんという両刃小柄の切れ味。

綺麗《きれい》さっぱりとなって両刃小柄を手に浴室から出てみると、竹編《たけあ》みの平籠《ひらかご》に入れてあった薄汚れた着物が無くなっていて、代わりに見るからに真新しい着物がきちんと折り畳まれて入っていた。

「ほほう。気配を感じさせずに、いつ入ってきたのか……」

不精髭が消えた彼は二十八、九に見える整った顔に、笑みを浮かべ感心した。眉間《みけん》や下顎、手首などに、はっきりとした刀痕《とうこん》があって、その刀痕とは釣り合《あ》わぬ上品な穏《おだ》やかな顔立ちだけに、どことなく〝青い不気味さ〟が無くもない。

彼は着物の上に横たえられている脇差に左手を伸ばして取り上げ、両刃小柄を小柄櫃《こづかびつ》へ戻した。その小さな動きの際に、すらりと伸びた全身を包み込んでいる白い皮膚の下で、上腕部・肩・背中の筋肉が、ほんの一瞬だが盛り上がって消えた。まるで鍛え抜かれた鋼《はがね》の筋《すじ》を思わせるような。

身繕《みづくろ》いをした若侍は脱衣《だつい》場を後にすると、「湯浴《ゆあ》みの後はこちらの座敷へ」と女中から言われていた部屋へ足を運んだ。

「失礼……」

若侍はその座敷の前で声を掛けてから、静かに障子を開《あ》けた。

八畳の座敷には誰もいなかった。床《とこ》の間を背にして座るよう厚い座布団《ざぶとん》がしつらえられ、その前に膳《ぜん》の用意がしてあった。二合入りくらいの徳利《とくり》であろうか、一本付いている。

屋敷の大きさの割《わり》には、質素《しっそ》な膳であった。今朝、保土ケ谷宿で食したと同じ目刺しが此処《ここ》では三尾。ほかに大根の煮《に》もの、小さな湯豆腐《ゆどうふ》、香《こう》のもの少少、味噌汁、御飯、それだけだった。

「御馳走《ごちそう》だ」

若侍は目を細めて腰の小刀を取り、床の間の刀掛けに載っている大刀の下に、それを掛けた。まだ誰の屋敷とも判っていないのに、大刀を床の間に預けて湯浴みするとは、大胆と言えば大胆だった。万が一、不測の事態が生じても、素手あるいは脇差や小柄で対処する自信があるとでも言うのだろうか。

若侍は、ひとり食事をはじめた。酒には手をつけようとしない。

「それにしても……静かだ」

手にしていた汁椀《しるわん》を膳に戻して若侍が呟いた時、閉じられている障子の向こうに人の気配が近付いてくるのを感じたのか、彼は少し背すじを改め表情を繕った。

「失礼いたしまする」

「どうぞ」

障子が音立てず静かに開いて、三つ指ついた姿を見せたのは大薙刀の女《ひと》であった。

もっとも大薙刀は手にしていない。着物も今までのものとは変えて、面《おもて》を深深と下げている。神妙な様子だ。

「先程は爺をお助け下さいまして有り難うございました。たった今、爺はうっすらとですけれど意識を取り戻しましてございます。高齢であり頬に傷を受けましたゆえ、まだとても話の出来る状態ではありませぬが」

それ迄とは打って変わった、ものやわらかな口調であった。面《おもて》を伏せたままに。

「おう、一先《ひとま》ず、それはよかった。なあに、二、三日もすれば喋《しゃべ》れますよ。さ、お入り下され。お訊《き》きしたい事もありますゆえ」

「はい。それでは……」

と、顔《おもて》を上げた大薙刀の女《ひと》が、目の前の若侍と視線を合わせて微《かす》かに「あ……」と漏らした。小さく、うろたえている。

「ははは っ。不精髭は落としました。着物も厚かましく拝借いたしております」

「どなた様であられたかと、驚きました」

「間違いなく先程、ご老体の治療をさせて戴《いただ》いた者です」

若侍は微笑《ほほえ》んだ。

大薙刀の女《ひと》は、若侍と向き合って座った。

「私は当屋敷の主人《あるじ》、若年寄堀田備中守正俊《まさとし》の妹、由紀《ゆき》でございます。重ねてこの通り爺をお助け下さいましたことを、お礼申し上げまする」

由紀は大薙刀を大上段に振りかぶった女とは思えぬほど、つつましやかに深深と頭を下げた。才色あふれんばかりの、たおやかさであった。

「いや、なんの。当たり前のことを致したまで。若年寄堀田備中守正俊様の御妹と申されましたが、安中《あんなか》藩主でもあられる堀田様でございますな」

「はい」

「これは大変な御方《おかた》様の屋敷へ入ってしまいました。若年寄堀田正俊様と申せば前将軍家光《いえみつ》様の腹心老中《ふくしんろうじゅう》であられましたる今は亡き、堀田正盛《まさもり》様の御三男」

「左様でございます」

「そして、お生まれになられた翌年《よくとし》、確か将軍家光様の御命令にて矢張《やは》り今は亡き春日局《かすがのつぼね》様三千石の御養子となられました」

「既にそれより三十数年の年月《としつき》を経ておりまするのに、よく御存知でいらっしゃいますこと。失礼ながら、お見かけした御印象《ごいんしょう》は、まだ二十八か九あたりにしか見えませぬが」

「ええ。現将軍家綱《いえつな》様と同じ年でございます。ここは私のような薄汚れた素浪人《すろうにん》が御世話になるような場所ではありませぬ。食事が済み次第立ち去ることと致しましょう」

「いいえ。今宵はどうか、当屋敷にお留《とど》まり下さいませ。そして明日もう一日、爺を診てやって戴きとうございます。それにいつまた不審な者が侵入するやも知れぬ心細さがございます」

「姫様が大薙刀を手にすれば生半《なまなか》な者は近付けませぬが、して侵入した者の人相風体《ふうてい》は？」

「気を取り戻した小者二人は、一瞬のうちに峰打ちを浴びせられたようで、相手を全く見ていない、と申しております。爺の刀には二か所に刃毀《はこぼ》れが認められますゆえ、二、三合は打ち合ったものと思われまするので、明日には話して貰《もら》えるやも知れませせぬが」

「うむ。それにしてもこれほどの大構えな安中藩江戸屋敷へ侵入するとは、なんと大胆不敵な」

「あのう……」

「ん?」

「大薙刀を手にした、わたくしの身構えから即座に天道流と見抜かれなされました眼力。生半《なまなか》の御方とは思えませぬ。相当に厳しい剣の御修行をなされたのでは御座居ませぬか。どうか御名前と剣の流派をお聞かせ下さりませ」

「あ、いや。剣は全くの我流。名前も何処にでもある、ありふれた名前で、由紀姫様に名乗る程のものではありませぬ。ご容赦《ようしゃ》を」

「でも……あ、どうぞ御酒《ごしゅ》を……」

徳利に白い手を伸ばしかけた由紀姫に、若侍は軽く左手を上げて制止した。

「今宵は止しましょう。また何があるや知れませぬゆえ」

「それでは、このまま一晩、お泊まり下さいましょうか」

「はい。お言葉に甘え、お世話になります。ところで姫は先程、いつまた不審な者が侵入するやも知れぬ心細さ、と申されましたが、安中藩主堀田正俊様の邸宅のこの静けさは、尋常ではありませぬな。侍衆の気配を全く感じませぬが」

「はい。この月は〝いざ鎌倉〟という場合の、非常呼集の訓練月となっておりますことから、安中藩は当番日の一昨日より藩主・家臣とも合戦拵《こしら》えの総出で、江戸城に詰めておりまする。藩医までが」

「ほう、それはまた大変なことです……」

「合戦の無い平和な世が長く続いておりますけれど、こういう時にこそ気持の引き締めが欠かせぬ、との大老酒井《さかい》忠清《ただきよ》様の強いお考えに基づいての事とか」

「そのような訓練の月日が存在していたとは、全く知りませなんだ」

「江戸の者なら、たいてい承知致しておりますこと。あなた様は旅の御方でございますか？」

「はい。はじめて今日、江戸に入ったばかりで、西も東もよく判りませぬ」

「どちらから参られましたのでしょう」

「京からです」

「左様な長旅でございましたか。明日の午後には皆が合戦拵えのまま戻って参ります。よろしければ藩主である我《わ》が兄に是非とも会《お》うて下さりませ」

「とんでもない。爺殿の容態が安定しておれば、私は午前の内にでも発たせて戴きます。あとは〝いざ鎌倉〟よりお戻りの御典医にお任せして」

「爺の姓名は大野孝衛門忠行《おおのこうえもんただゆき》と申しまして私の養育を担《にな》ってくれた欠くべからざる大切な家臣。八十に近い高齢にて、此度《こたび》の訓練に参加できなかった事が、手傷を負う不運に遭《お》うてしまい、可哀そうでなりませぬ」

「傷は軽くはないが、幸い命に別状はありませぬゆえ、外科的処置をした私がおらずとも、御典医にお任せして大丈夫でしょう」

「あの……矢張り御名前を教えて戴く訳には参りませぬか。爺を診て下されし御方の名も知らぬようでは、非常呼集の訓練より戻りました兄に、説明の仕様がなく、叱られてしまいまする」

「適当に名を繕って、うまく御殿様にお話しなさって下され。私はそれで宜《よろ》しかろうと思います」

「はあ……」

「それから明朝発つ際、恐れ入るが小者用の編み笠《あがさ》をお貸し下さいませぬか」

「それは一向に構いませせぬが……しかし」

由紀姫は困惑気味に、視線を落とし美しい表情を曇らせた。

三

翌朝《よくあさ》辰《たつ》ノ刻五ツ（午前八時）。

由紀姫は女中二人を従え、爺を救ってくれた若侍を表御門まで見送った。

「爺殿の容態も、すっかり落ち着かれた。もう大丈夫です」

と、若侍は編み笠をかぶった。

「本当にありがとうございました。爺に戴きましたる御恩、決して忘れは致しませぬ」

「なんの。こちらこそ御世話になりました。このような上物の着物や編み笠をお貸し戴くことになり、申し訳なく思います」

「お預かり致しました京より長旅の御着物は綺麗《きれい》に改めまして、お戻し致しとう存じますゆえ、再度お立ち寄り下さりませ。出来ますれば早い内に、お越し戴けますよう」

「そうですね。この上物の着物は御返し致さねばなりません」

「いいえ、それは差し上げましたるもの。家紋は入っておりませぬゆえ、どうぞ御遠慮なされませぬよう。それに致しましても、我が兄と身丈《みたけ》がほとんど変わらぬとは、驚きました」

「それではこれで、失礼いたしまする」

「なんだか、知り合《お》うて、たった一日の御方とは、とても思えませぬ。お名残惜《なごりお》しゅう存じます」

「恐れ多いことです」

「当家で刃傷沙汰《にんじょうざた》があり相手を取り逃がしたること、なにとぞ口外お控え下さりますよう」

「心得ております」

若侍は穏《おだ》やかに笑み、女中が彼の脇を腰低くして抜け、潜り門を開けようと近付いた。

表御門の外を幾人かと判る足音が、「いたか」「見失いました」と慌ただし気に走り過ぎたのは、この時だった。

女中が潜り門の閂《かんぬき》に触れかけた手を怯《おび》えたように止め、由紀姫を見た。

「開けなされ」と、さすが天道流皆伝の由紀姫はたじろがない。

女中が頷《うなず》いて潜り門を開けたとき、過ぎ去った幾人かの足音が再び戻ってくる気配があった。

由紀姫が先に外へ出ようとするのを、若侍は「ここでお別れ致しまする。直ぐに門を下ろして下され」と軽く制し、腰を落として潜り門から出た。

門の下ろされる音。

直ぐ其処《そこ》まで近付いてきた足音の主《ぬし》は、その小銀杏《こいちょう》と黒紋付羽織に着流しの風体様子から町奉行所同心と判る者三名。加えて目明し、下っ引き風など三名。

その足音が息弾《はず》ませて堀田邸の前まで来るや、潜り門から出たばかりの編み笠侍に気付き、(おっ……)という感じで六人が六人とも立ち止まった。

「恐れ入りますが……」

中年の同心が慇懃《いんぎん》に姿勢を縮《ちぢ》めるようにして編み笠侍に近付いたのは、編み笠に隠《かく》された彼の顔をさり気なく探ろうとするためなのであろうか。

「若年寄堀田備中守正俊様の御屋敷から出られましたる御方に我我町方同心風情《ふぜい》

がお訊ね申し上げるのは、いささか作法に反しましょうが、その着流しの御様子から察しまするに、堀田様の御家臣ではございませぬな」

「着流しなら、なぜ当屋敷の家臣でないと判るのじゃ」

と答える編み笠侍の口調はゆったりとして、ものやわらかい。

「三日前より〝いざ鎌倉〟の御当番となっております筈《はず》の堀田様ご一党は、ご老体、お女中、最小限の小者及び幼子《おさなご》、病人を除けば医者まで含め皆、合戦拵《こしら》えにてお城に詰めております筈」

「なるほど。それで疑いの目を向けなされたか」

「はい、お見かけしましたるところ、ご老体にも、お女中にも、幼子にも見えませぬゆえ」

「ははは、道理じゃ。私は男で年齢《とし》も同心のそなたたちとは余り違わぬ」

「ならば、かぶり物を、お取り下され」

「面体《めんてい》が気になると申されるか」

「恐れながら……」

「よかろう」

侍の左手が編み笠の端に触れたとき、再び駈け近付いてくる足音があって、堀田邸の土塀の向こう角から、朱房《しゅぶさ》の十手を右手の同心身形《みなり》ひとり、目明し風ひとりが現われた。普通、朱房の十手持ちは与力だが、同心の朱房の十手は手腕・功績著《いちじる》しい者の証であった。

編み笠侍と向き合っていた同心、目明しらの六人の態度が朱房十手の同心を迎えて少し改まった。

「どうした、見つかったか」と、朱房同心。

「いえ、どうやら取り逃がしたかと……何しろ足の速い連中で」

「そちらの御侍は……」

「はい。〝いざ鎌倉〟で侍衆が皆、お城詰めである筈の堀田様御屋敷より、この着流しで出て参りましたようなので、かぶり物を取るよう御願い致しましたるところです」

「そうか……」と朱房の同心は編み笠侍に向き直って、一歩前に進み出た。

若侍が穏やかな動作で編み笠を取り、朱房の同心と顔を合わせて、にこりとした。

「あっ」と低い叫びが朱房の同心の口から出て、その背後に控えていた目つき鋭いがっしりとした体格の目明しまでが「こ、これは……」と二、三歩退《さ》がって慌て気味に腰を折った。

「若……あ、いや、政宗様《まさむね》……」と、朱房同心も、とり乱しつつ頭を下げる。

余程に驚いている様子だった。

「久し振りだな源《げん》さん、それに目明しの得次《とくじ》も元気そうで何よりだ」

「は、はい、それに致しましても、こ、これは……」と、朱房同心が再び丁重《ていちょう》に頭を下げ、その後ろの目明しはとうとう恐れ入ったかのように地に片膝ついて、

「若様もお元気そうで何よりでございます」と応じた。

先の同心、目明したちは訳が判らず、ぽかんとしている。

と、堀田邸の大門が重重しい低い響きを立てて開き、女中を従えた由紀姫が姿を現わした。

「何やら騒がしいようですが、如何《いかが》なされました」

背に声を掛けられて、編み笠を左手に持った若侍は振り向き、「旧知の者と出会うたのですよ」と何気ない笑顔をつくった。

「旧知の?……この江戸に御存知の町方がおられたのですか」

「意外なこと予期せぬ偶然、などと申すものは案外に珍しくもないこと。それではこれにて失礼いたしまする」

「是非とも、またのお越しを……」

「はい」

若侍は源さんなる朱房同心と得次という目明しに、促《うなが》すようにして小さく頷いて見せると、歩き出した。

由紀姫が彼のその背を、怪訝《けげん》な表情で見送る。

腰を上げた源さんが傍《そば》にいた中年の同心に何事かを早口で囁《ささや》いて見せた。

すると「判りました」と小声で応じた同心が、他の五人に顎の先を振って侍とは反対方向へ小駈けに離れていった。

他の五人が、源さんに軽く頭を下げながら、同じように小駈けに中年の同心の後を追う。

慌ただしさが、ひとかたまりになって、遠ざかっていった。

「お騒がせ致しましたようで、お許し下さい」

源さんは次第に間を空けていく若侍の方を気にしながら、由紀姫に対し丁寧に腰を折った。

「そなたのその朱房の十手、町奉行所与力ですかえ」

「いえ。手前は八重洲河岸《やえすがし》に役宅を置きます北町奉行所の事件取締方筆頭同心、常森源治郎《つねもりげんじろう》と申しまする」

「常森源治郎とな。そなた、あの御方と旧知の間柄との事じゃが」

由紀姫は、そう言いつつ、ゆっくりと離れてゆく若侍の背を目で追った。

「旧知、などと恐れ多い事でございまする。町方として色色と御世話になったり、お助け戴いたことがある間柄、とでも申しましょうか」

「お助けのう……ふうん……して、あの御方の名は？」

「あのう。この御屋敷より、あの御方が出て参られたような御様子でありましたが、御名を御存知ではありませぬので？」

「確かに訳あって当屋敷に一夜お泊まり願ったのじゃが、御名を訊ねても申されぬのじゃ」

「では、私《あっし》の口からは尚《なお》のこと申し上げられませぬ」

「当屋敷は、あの御方に借り、つまり恩があるのじゃ。これは何としても、お返し致さねばならぬ。決して迷惑は掛けぬゆえ、教えてたもれ」

「お許し下されませ。これにて御免」

北町奉行所事件取締方筆頭同心常森源治郎は、そう言い残すと、若侍の後を追って走り出した。

その後に、目明し得次が従う。

やがて、三人が肩を並べて次第に小さくなってゆくのを見送りながら、「ま、いいわえ。兄上様のお力を借りれば、あの御方が何者であるかは直ぐにも判ろうから」と、呟く由紀姫だった。

その由紀姫の頬の色が、どこか、ほんのりと朱に染まっている。

常森源治郎が、気になるのか振り向いた。

と、何ということか由紀姫が肩のあたりまで手を上げ、小さく振った。

明るく笑んで。

常森源治郎がやや慌て気味に、軽く腰を折った。

「由紀姫はまだ見送っておるのかえ源さん」

「はあ。どうやら若……あ、いや、政宗様が当たり前の御方ではないことに気付かれたのやも知れませぬ」

「私は、当たり前の御方だよ。野に下りた天下の素浪人だ」

「何を仰《おお》せになられますか」

「それにしても久し振りだのう。源さんや得次の顔を見た時は嬉《うれ》しかったぞ」

「こちらは、腰が抜けるほど驚きましてございます。のう得次」

「腰が抜けるなんてもんじゃございませんで……一瞬、背筋が凍りましてございます」

「おいおい得次。背筋が凍るはないだろう。私は化け物ではないぞ、はははっ」

「申し訳ありません。それほど驚きましてございます。そのあとから、ぱあっと熱い懐《なつ》かしさがこみ上げて参り、同時に涙がこみ上げて政宗様のお顔が、もう見えませんで」

「得次も精悍《せいかん》さが変わっておらぬ。いや、一層のこと凄《すご》みが加わったな」

「恐れ入ります」

「ところで源さん。あれこれ積もる話を交《か》わしたいのだが、どうやら今はそのような場合ではないと見たが」

「はあ。実はこの一、二か月。小大名旗本屋敷を狙《ねら》う素姓わからぬ一団が出没いたしておりまして」

「素姓わからぬ一団？」

「とは申しましても、野盗化した食い詰め浪人集団であろうと思うのでございますが」

「小大名旗本屋敷だけを狙うというのは、政治《まつりごと》に対する不満の表われであろうかのう」

「にしましても、そのやり口が残虐非道でございまして」

「その集団の規模は？」

「二、三十人と見られておりまするが、よくは掴めておりませぬ」

「うむ」

堀田屋敷の騒動とは関係ないのであろうか、と政宗は心配になった。

「昨夜とこの未明にも旗本屋敷への押し込みが続けて二件ございまして、それはもう、ひどい現場でございました」

「襲われた旗本家は押し入った相手に抵抗しておらぬのか」

「それが、近頃の御侍衆と申しますると、剣術などというものは、からっきしで……」

「襲われるまま、だと言うのかな」

「と、までは申しませぬが、まあ、それに近いような……」

「それでは源さん、ゆっくりと話を交わすのは、日と場所を改めるとしようか。ともかく源さんと得次は、急ぎ務《つと》めに戻ることだ」

「政宗様の御宿を、お教え下さりませ。のちほど、得次と二人でお訪《たず》ね致します」

「それが、まだ宿を決めておらぬのだ。昨日、江戸に着いたばかりの日に、ひょんな事で堀田屋敷に泊めて貰《もろ》うたのでな」

「若年寄堀田様とはもしや交誼《こうぎ》の間柄であられましたか？」

「いや、そうではない。しかし今は、深く訊《き》かんでくれぬか源さん」

「判りましてございます。では江戸滞在中は、わが家を宿にして下さいまするな。いや、是非にも、そうして下され。同心の住居《すまい》などというものは手狭なものでございますが、幾十日お泊まり下さいましょうとも、政宗様がお気遣いなさるような事はございませぬゆえ」

「いやいや、そうも参らぬよ。ならば、こうしようではないか。夕刻近くにでも私の方から人に訊ね訊ねしながら北町奉行所を訪ねるゆえ、何処ぞの居酒屋にでも出かけて三人で盃《さかずき》を交わそう」

「いいえ、この江戸で政宗様をお見かけし、そのまま置き去り同様にはとても出来ませぬ」

「ははは。置き去りとは、まるで子供扱いだな源さん」

「ですから……」

「私の気ままな性格は、源さんも得次もよく心得ておろう。このまま、ぶらりと江戸の町を一人歩きさせてくれぬか。夕刻には必ず奉行所を訪ねるゆえな」

「常森様、ひとつここは若……いや、政宗様の申されますように……」

横から得次が、控えめな口調で小声を挟んだ。

「うーん」と常森源治郎は、眉《まゆ》をひそめて苦しそうだった。とても政宗なる侍をこのままにはしておけない、という気持が強いのであろう。

「では、そういう事でな……」

政宗は手にしていた編み笠をかぶると、常森源治郎の肩を軽く叩いて歩き出した。

残された二人は、ただ立ち尽くして、政宗が去っていくのを見守った。

「道に迷うて良くない場所に入り込んでしまうような事にならなければよいが」

源治郎が不安そうに呟くと、得次は少し苦笑を漏らした。

「あの御方のことです。何処《どこ》へ迷い込もうと心配ありませんよ」

「ま、それはそうだが」

「さ、私《あっし》たちも動きませんと」

「判った」

促された源治郎は頷いて、ようやくのこと直ぐそばの辻へ足を向けた。

「ご苦労様でございます」

向こうから小駈けでやってきた職人風三人が、源治郎と得次の前で足を止め、丁重に腰を折った。道具箱らしいのを肩にし、紺の法被《はっぴ》の襟元に〝船清〟の染め抜きがある。

「よう、船大工の三人兄弟、今朝はいやに遅い出だな」

と、顔見知りなのか、親し気な口ぶりの源治郎だった。

「はい。資材の打ち合わせで、木場《きば》まで行っておりましたもので」

と、三人の内の年のいったのが答えた。

「爺《と》っつあんの、その後の具合はどうでぇ」

政宗と話を交わした時と違って、べらんめぇ調の常森源治郎であった。

「有り難うございます。どうやら杖を頼りに歩けるまでになりました」

「それは何よりだ。もう若くねえんだから、余り足場高い所での仕事は慎《つつし》むようにと、伝えてくんねえ」

「恐れ入ります。常森様から、と必ず申し伝えます」

「今日も一日、頑張りな」

「ええ、それはもう力いっぱいに……それでは御免下さいまし」

三人はもう一度、源治郎と得次に向かってそれぞれが頭を下げ、小駈けに去っていった。

「政宗様、大丈夫かのう」

源治郎が思い出したように、朝空を仰いでまた呟く。

「まだ心配なんですかい常森様。大丈夫でございますよ。政宗様なら、たとえ二十人や三十人の鬼に取り囲まれましてもね」

得次が白い歯を見せて笑った。

四

旗本出入りの御門として知られる、数寄屋橋《すきやばし》御門。

その御門を外堀の向こうに眺める数寄屋川岸に、料理屋「鍋屋《なべや》」はあった。その店の名の通り土鍋料理で大繁盛する二階建であったが、火災予防のため土と石組から成るしっかりとした小竈《こかまど》の造設が町奉行から許されているのは、一階の〝追い込み座敷〟二十数席だけで、二階は皿盛り料理のみとなっていた。

今宵《こよい》も、町衆や小旗本、御家人でごった返す鍋屋は、一階も二階も三味線、手拍子、小皿たたきのチントンシャンが飛び交う大賑《にぎ》わい。

なかには酔った町人と小旗本が肩を組んで歌い合うなど、この店では身分の上下は一見なさそうだった。

その奥まった追い込み座敷に、〃政宗〃なる侍と北町奉行所事件取締方筆頭同心常森源治郎、目明し得次の姿があった。

「ともかく会えて嬉しい。さ、飲もう」

「まさか、この江戸で政宗様にお目に掛《か》かれるとは……感動この上もありませぬ」

「得次も、女房子たちは元気であったか」

「はい。京での二年に亘《わた》るお勤《つと》めの間、しっかりと商売を守ってくれておりました。子らも、ますますあっしに似て参りまして、もう可愛くて」

「それは何より」と〃政宗〃が目を細める。

「この店は御覧の通り、魚のぶつ切りと野菜のあれこれを土鍋に味噌をとかして煮込む料理で繁盛しております。得次が、政宗様のお口に合うかと心配しながら選んだ店でございますが、ま、味を試してやって下さいまし」

「いい匂いだ。これは酒が進みそうだな」

「そのせいで、いささか店の中が五月蠅《うるそ》う御座いますが、その変わり、少少の内緒話は誰の耳にも入りませぬ」

「なるほど。では再会を祝して……」

三人は盃に満たした酒を、口元へ運んだ。目の前では、小竈《こかまど》に載せた土鍋が、味噌の香りを放ってぐつぐつと煮立ち、大根、ねぎ、青菜など色色な野菜の間でぶつ切りの魚が躍《おど》っている。

三人の酒も料理も進んだ。刻《とき》が過ぎるのも忘れて弾《はず》む会話だった。それも、京《みやこ》の話ばかりであった。

ただ、常森源治郎も得次も、明るい楽しい話ばかりを選んでいるような節《ふし》があった。ときに会話が短く途切《とぎ》れたとき、源治郎と得次の表情には、別の何かに話題を移したそうな感じがあった。

常森源治郎も得次も、京の務めから江戸へ戻って、まだ日が浅かった。得次が八か月、源治郎は三か月で、得次がひと足早く江戸へ戻ってきている。

徳川幕府上方支配強化の一環として、京都所司代の一部権限を受け継ぐかたちで京《みやこ》に東西両町奉行所が設《もう》けられたのは、寛文《かんぶん》八年（一六六八年）七月。

当時、江戸北町奉行所で〝検視の源治〟の異名で知られた強面《こわもて》の常森源治郎が、その新設京都町奉行所役人たちを指導教育する目的で、京都東町奉行所へ筆頭同心並で出向を命じられたのだ。

鉤縄《かぎなわ》捕縛の名手として、江戸目明し衆の中でも顔役的存在だった得次が、その常森源治郎に従った。

二人と政宗は、その京で知り合い、幾多の困難な事件を通して「人情」と「共闘」を交わし合って信頼関係を築き上げた間柄だった。

「ところで源さん、それに得次……」

ようやくのこと口調を改めたのは、常森源治郎でも得次でもなく、政宗の方であった。

「は……」と、源治郎、得次の表情も、それを予感したのか真顔になった。

「旗本、大名家を襲う素姓わからぬ一団のことについて、もう少し詳しく知りたいのだが、あれこれ訊ねても差し支えないか」

「ほかならぬ政宗様の事でございますから」と、源治郎が背筋を伸ばし、その顔つきが硬くなる。

「二、三十名からなる食い詰め浪人らしき集団とのことだが、いかに武道すたれたる合戦無き平穏の世の中とは言え、大名家江戸屋敷には、それなりの数の家臣が詰めている筈。にもかかわらず襲い来る相手に対して……」

「実は政宗様……」と、源治郎がやわらかく政宗の言葉の先を抑《おさ》えた。

「襲われましたる旗本家から先ず申し上げますると、いずれも幕府の御役に就かぬ無役非力の層に集中致しております。また被害を受けましたる大名家に致しましても、一、二万石の外様《とざま》大名がほとんどでございまして、今の時代、深夜未明に突如襲い来る二、三十名の荒くれ武装集団に真っ向から太刀打ち出来る江戸屋敷は、そう多くはございませぬ」

「うむ。そんなものかのう」

「余りにも淋《さび》しく悲しい現実でございまして……」

「確かに淋しく悲しい現実じゃな。一、二万石の外様家とは申せ、家臣が非常時に抵抗する力を失っておるとは」

「昨年の十一月に朱印を与えられ、お大名となられました柳生宗冬《やぎゅうむねふゆ》様も一万石ではありまするが、柳生家の力は全く別格でございまして」

源治郎の口から柳生の名が出ると、政宗の表情が僅《わず》かに動いた。

「非力な層の旗本大名家が被害を受けたる騒動については、若年寄あるいは大目付が、監察の任にある者として采配《さいはい》を振らねばならぬ筈。それが何ゆえ町方が？」

「老中会議の決議により、町奉行所が主体的に動く事となりました。何しろ、こういう形の事件は上級幕僚の皆様よりも町方の方が経験を積んでおりまするから」

「幕府は、押し込み野盗の類《たぐい》と同列視して、町方へ下ろしたということか」

「は、はあ。まあ、我我も、そのように判断いたしております。ただ、一方的に被害を受けた旗本や大名家にとりましては、家名を汚す騒動、という見方が出来ますことから、被害を受けたる側の口が異様な程に堅く、町方としては手さぐりで動いているような有様《ありさま》です」

「幕府は若年寄、大目付などが取調べた情報を、詳細に町方へ下ろしてはくれぬのか」

「はあ、それが余り……」

「つまらぬ見栄が幕府の口を重くしているという事だな……しかし、源さんのことだから、殺害された者の検視は念入りにやったのであろう。斬り口はどのような状態なのだ」

「殺された者は、いずれも同じ斬り口で、まさに一刀両断という感じでございました」

「同じ斬り口？……すると、食い詰め浪人と思われる集団の剣は皆が同じ流派、と見ることもできるなあ、少し不自然じゃが」

「二、三十名もが一様に同じ流派、というのは確かに不自然でございまする。いずれに致しましても目下《もっか》、江戸市中の剣術道場を用心深く一軒一軒当たっておるのでありまするが」

「充分に気を付けた方がいいぞ源さん。もし、読みが当たると連中は、源さんに対し牙《きば》をむいてくる危険がある」

「あっしも、それを心配しているのでございまして」

〝鉤縄の得〟の異名をとる得次が、不安顔で横から口を挟んだ。

「ところで、源さんは由紀姫に対し、北町奉行所事件取締方筆頭同心、と名乗っておった訳だが、江戸へ戻ってくるなり筆頭同心の御役を命じられたのだな」

「はい。これには正直驚きましてございます。なにしろ私などよりも腕利《きき》きの年長者が、幾人も控えております北町奉行所で、内示される事もなく、いきなり御奉行より、〝筆頭に就《つ》け〟と命じられた訳でございまするから」

「京都での目覚ましい活躍が、向こうの御奉行宮崎若狭守重成《みやざきわかさのかみしげなり》様から、こちらの御奉行へ伝えられていたのだろう。良かったではないか。同心から与力へ上がる例は滅多《めった》に無いと言われておるが、皆無ではない筈。与力を目指して頑張りなさいよ」

「ありがとう御座居ます。それもこれも、京《みやこ》に於《お》いて政宗様が我らの活動に対し何かと御支援下されたからでございまする。あのう、政宗様……」

「ん？」と応じながら、源治郎の盃に酒を注《つ》ぐ政宗だった。

それが終るのを待って、「どうぞ……」と得次がやや遠慮がちに政宗に徳利を差し出す。

その徳利の注ぎ口に目をやりながら、源治郎は訊ねた。

「政宗様の此度《こたび》の江戸入りは、もしや、政宗様を守らんとして命を落とした……」

それ以上は言葉にせぬ源治郎であったが、政宗にはその先が判るのか、黙って頷いてから盃を口元へ運んだ。

「左様でしたか。ご両親が眠る菩提寺へ戻ってきて、あの美しかった早苗《さなえ》殿の霊もようやく安らいでいることでございましょう」

「早いものだ。早苗が私のために命を落としてから、どれくらいが過ぎたかのう」

「この常森源治郎にとっても、得次にとっても、悲し過ぎる思い出でございます」

「もう忘れようではないか。この思い出は」

「は、はあ……」

暫《しばら》くの間、沈んだ表情で無言となる三人であった。

京の都に於いて生じた、幕府絡《がら》みのある大きな事件。「早苗」とは、その事件の無残な犠牲となった、政宗に近しい女性《ひと》であった。源治郎とも得次とも親しく言葉を交わしてきた優しく美しい女性《ひと》である。

「いささか酔ったな……」と、政宗が沈黙を破った。しかし、まわりは沈黙が沈黙とならぬ相変わらずの騒騒しさだった。

「もう一軒、別の静かな小料理屋を案内させて下さい政宗様」

「いや、今宵《こよい》はこれくらいにしておこう」

「では、御宿まで送らせて下さい。何処《どちら》でございますか」

「江戸の夜を、のんびりと歩いてみたい。一人で歩かせてくれぬか源さん」

と言った政宗であったが、なんと、まだ宿を決めていなかった。

「今宵は朧月夜《おぼろづきよ》とは言え、江戸の夜は暗く物騒でございまするゆえ、お送り致します」

「暗くて物騒なのは、京《みやこ》の夜とて同じぞ」

「ですが……」

「これで足りるかえ得次」

政宗は着流しの袂《たもと》からつまみ出した小粒を、得次の盃の横へ置いた。

「とんでもございません。この店は常森様と私に任せておくんなさいまし」

「ならば、女房子供に何か買ってやればいいではないか」

「こ、困り……」

「得次。いいから、ここは政宗様に御馳走《ごちそう》になろう。お言葉に甘えようではないか」と、源治郎が横から口を挟んだ。

「はあ……常森様が、そう仰《おっしゃ》いますなら」

得次は申し訳なさそうに、小粒に手を伸ばした。

「政宗様。例の浪人集団の事件で今、大番《おおばん》、書院番、新番、徒目付《かちめつけ》の皆さんも市中巡回に当たっており、また月番に関係なく南北両町奉行所も総出で夜回りを続けております。もし何処かで役人に声を掛けられましたなら、常森源治郎と鉤縄の得次に親しい者、とお告げ下さいまし。少なくとも、私たち二人の名は、大抵の者に知られておりますゆえ」

「それは頼もしい。夜回りの役人たちに怪しまれたなら、使わせて貰うとしよう」

「得次などは私よりも遥《はる》かに、大身《たいしん》の御旗本や剣術道場の先生などに可愛がられております る」

「うむ、得次の人柄ならそうであろうな」

「めっそうも……」と得次が恐縮した。

「これからまた夜回りかえ源さん」

「ええ。朝まで気が抜けませぬ」

「酒の臭いをさせての夜回り、少しまずくはないのかな」

「今宵は御奉行に事情を話し、お許しを頂戴《ちょうだい》致しております。あ、いえ、政宗様のご身分については、京で大変御世話になった御武家としか打ち明けてはおりませぬゆえ」

「左様か……さてと、出るかえ源さん」

「はい」

政宗に促されて、先ず得次が腰を上げた。続いて常森源治郎が胸元を整えながら片膝を立てる。

それらの様子を、店の入口に近い追い込み座敷の席で、窺《うかが》うようにして眺めている侍二人があった。年齢《とし》は共に三十半ばくらいであろうか。明らかに浪人ではない。身形《みなり》きちんとした侍であった。

政宗、源治郎、得次が店を出ると、二人の侍たちも腰を上げた。

第二章

一

常森源治郎と得次と別れ、ぼんやりとかすんで見える朧月《おぼろづき》の下を、懐手の政宗はゆったりと歩いた。何処《どこ》へ向かえばよいのか方角が判らないから、ゆったりと歩くほかなかった。

しかし明日になれば、目指す所はある。むろん其処《そこ》とて、人に訊《たず》ね訊ねしながら行くしかない。

「おっと、しもうた。編み笠を鍋屋へ忘れてきたわ」

呟《つぶや》いた政宗であったが、引き返す様子のない政宗だった。

「持ち合わせは、あと一両と少少……今宵《こよい》は野宿でも致すか」

彼がぶつぶつと漏らしたとき、暗い向こうから二、三人の甲高《かんだか》い話し声が近付いてきた。

「てやんでえ、あの馬鹿親爺《おやじ》……」などと、親方らしい人への不満を黄色い声でまき散らしている様子は、明らかにかなり酔っ払っている。

朧月夜とは言っても、余程に目を凝らさない限り、少し離れた向こうは、まるで見えない。

肩組み合うようにして、足元危ない三人の職人風が、ようやくのこと政宗の目に入った。

「給金を、もう少し上げて貰《もら》いてえ。明日、絶対に言わなきゃあなんねえなあ熊《くま》公《こう》よ」

「おうよ。それで駄目なら、下谷《したや》広小路の要助棟梁《ようすけとうりょう》の組へ移ってやらあな」

「あたぼうよ。移ってやらあな」

などと威勢がいい。

その三人が目の前に政宗がいると判って、ウナギのように腰をくねらせ、手をひらひら泳がせながら「なんでえ、訊《き》きたい事があってな」

「ご機嫌なところすまないが、訊きたい事があってな」

「訊きたい事?」と、右端の男が足をふらつかせて応じる。

「この辺りに無住《むじゅう》の寺はないだろうかの。ひどい荒れ寺でもよいのだが」

「無住の寺?……それなら、ほれ、向こうに見える辻灯籠《つじどうろう》の少し先を左へ折れたところにござんすよ。小さな寺ですがねい」

「そうかえ、有り難《ありがと》う。行ってみよう」

「お侍さん。もしかして今宵、その無住の寺にお泊まりなさるとでも？」

「うん……」

「それだったら、お気を付けなせえよ」

「どういう意味かね」

「半年ほど前に火を出し、本堂を残して丸焼けになった寺なんでさあ。女好きの住職が引き込んでいた水茶屋の女が、焼け死にやしてね。それ以来、出るんですよう、ドロドロドロとこれが」

三人は揃《そろ》って胸の前で両手を垂らし、幽霊が現われる真似《まね》をして見せた。

政宗は苦笑した。

「そうか、出るか」

「それでも行きなさるかい」

「行く……」

「勝手《かって》にしなせえ」

「火を出した住職は？」

「住職ほか皆、遠島《えんとう》でござんすよ。そいじゃ、御免なすって」

酔った職人風三人は、お互いに体を支え合いながら政宗の脇を、ぬらりとよろめいて擦《す》り抜けた。

政宗は三人の背に声をかけた。

「三人とも腕のよい大工と見たが……」

「あたぼうよ。左甚五郎《ひだりじんごろう》（江戸前期の名工。文禄三〜慶安四）の再来と言われている、大工の熊次《くまじ》に三平《さんぺい》と亀助《かめすけ》とは、俺たちのこった」

などと三人が右へ左へと泳ぎ歩きしながら、夜空に向かってそれぞれ勝手に吼《ほ》える。

「大工の命と言われている道具箱はどうしたのだ。飲み屋に置き忘れてきたのではないのか」

「えっ」

左甚五郎三人の動きが不意に止まって、次に「いけねえっ」と酔いも覚めたのか、辻灯籠《つじどうろう》の方角へ慌てふためき走り出した。

道具箱に大工道具を一通り揃《そろ》えるとなると、安くない金がかかる。

それに使い馴《な》れた道具は、政宗が言うように、大工の命だ。

「はははっ。江戸者《もん》は元気で気持がいいのう」

政宗は酔っ払いに教えられた通りに従って歩いた。

本堂を残して焼けた寺は直《す》ぐに見つかった。御家人の住居《すまい》と思われる小屋敷に囲まれて在《あ》るその寺は、土塀《どべい》の外から眺める限り火を出したとは見えない。

しかも、幽霊騒ぎを打ち消そうとする寺社奉行所か町奉行所の計らいでもあるのか、簡素で小さな総門そばに〝置灯籠《おきどうろう》〟が設けられ、心細い明りを揺らしていた。

それとも、小大名旗本屋敷を襲う浪人集団への治安対策とでも言うのであろうか。

政宗は石段三段を上がって小さな総門を潜《くぐ》った。

朧月が夜空にあるとは言っても、べったりと闇《やみ》が広がる暗い境内だった。

半年も前の火事だと言うのに、焦《こ》げ臭《くさ》い匂《にお》いがまだ漂っている。

「あれかな、焼け残った本堂というのは……」

正面に辛《かろ》うじてうっすらと認められる小造りな建物に近付いていった。

「ほほう……」と、政宗は足元に敷き詰められた玉石を鳴らして、本堂をひと回りし、小声を漏らした。

「歴史浅い江戸で朧月の下《もと》、宝形造《ほうぎょう》りの本堂に出会えるとは……」

感心したように呟《つぶや》いてから、政宗は本堂の中へ穏やかな足取りで入っていった。

宝形造りとは、屋根の頂《いただき》の一点へ棟《むね》を絞り込むように集める造りで、これによって屋根を四角形、六角形、八角形などとして、その頂に宝珠《ほうしゅ》(火炎《かえん》の形をした玉)や相輪《そうりん》を飾ったりする。

鎌倉時代では、露盤《ろばん》(五重塔によく見られる屋根の頂の四角い台)や宝珠を総称して、宝形と言っていた。

「これはよい。静かでよく眠れそうじゃ」

政宗は腰の刀を取って、ごろりと寝転んだ。

扉を閉めた本堂の中は、真っ暗であった。もし先入者がいたとしても、とても気付くことは難しい暗さだった。

「遅くなってすまなかったのう早苗。そなたを漸《よう》やくのこと親御殿《おやご》の懐へ戻してやることが出来たわ。存分に甘えるがよい」

そう漏らした政宗は、やがて静かなひっそりとした寝息を立て始めた。

闇に溶け込んで彼の脇に横たわる刀。

手を伸ばせば直ぐの所にあるそれは稀代《きたい》の銘刀「粟田口久国《あわたぐちひさくに》」。

刀工粟田口一派は、京《みやこ》の三条《さんじょう》入口近く粟田口に居を構えた粟田口国家《くにいえ》を頂点として、鎌倉初期から南北朝初期にかけての凡《およ》そ百五十年間、一世を風靡《ふうび》した名匠一門であった。

「名匠一門」の評価は決して過ぎたるものではなく、百五十年の間に一門から輩《はい》出《しゅつ》した刀工六十余名は、いずれも後世に名を残す名匠たちであり、刀剣史上他に類例を見ぬ優れた刀工集団と言われている。

その作風は一様には言い難《がた》いが、白銀色の美しい冴《さ》えた錵《にえ》を持つ小乱《こみだれ》の混じった直刃《すぐは》は、手元の〝重ね〟が厚く、先へ伸びるにしたがって薄くなりつつ〝京反り〟と呼ばれる優美な反りを見事に成功させ、切っ先は強靭《きょうじん》な細身の〝小切っ先〟を実現して見せている。

「粟田口の小切っ先一閃《いっせん》すれば手首落つ」の評価は決して大袈裟《おおげさ》なものではなか

った。

その銘刀を所持し、北町奉行所事件取締方筆頭同心や江戸の顔役的目明しの腰を低くさせる〝政宗〟なる侍とは、一体何者なのであろうか。

その政宗が闇の中で薄目を開いた。眠りに入って、まだそれほどの刻《とき》は経《た》っていない。

「ドロドロドロが現われたかな……丑三ツ時《うしみどき》にはまだ早い筈《はず》だが」

政宗は呟いて体を起こし、組んだ胡座《あぐら》の上に柄《つか》を右に向け粟田口久国を横たえた。

刀工粟田口一派の総領である国家の次男久国は、後鳥羽《ごとば》上皇の奉授工（鍛刀技術師範のこと）に就《つ》いて、大隅権守《おおすみごんのかみ》久国（実名、藤次郎）を許され、日本鍛冶《かじ》長者の地位を認められた名匠であった。手がけた太刀、短刀ともに後鳥羽上皇は「天下一品」と絶讃したと伝えられている。

「どうやら女の亡霊ではなさそうだな」

政宗が、そう漏らしたとき、本堂の扉が軋《きし》みながら開けられ、朧月のぼんやりとした明りが差し込んできた。

その明りが本堂の床に二つの人影をつくった。刀を腰にした人影だった。

「誰じゃ。幽霊とは思われぬが」

「起きていたか。これは好都合であった」と、侍言葉が返ってきた。

「好都合とな」

「左様。さ、腰を上げて我我が案内《あない》する場所へ、ついて来られよ」

「他人の寝所《ねぐら》に踏み込んで来るなり、付き合え、はなかろう」

「あれこれ言わずと、我我の言うことに従えばよいのだ」

と、二人の侍は、交互に喋《しゃべ》った。まるで事前に打ち合わせたかのように調子が合っている。

「ことわる」

応じる政宗の口調は、おっとりとしたものだった。

「素浪人《すろうにん》の分際で何を大口たたくか。我我が下手《したて》に出ている間に、大人しくついてくるがよい」

「それが下手とは、なさけなや。侍の時代も、もう終りじゃな」

「なにっ」

「どこの何者とも名乗らずに、その横柄《おうへい》な態度は一体なんじゃ。恥ずかしいとは思わぬのか」

政宗は立ち上がって、粟田口久国をやや幅広の帯に通した。ゆったりとした動作だ。

「お前のような薄汚れた浪人者が滅多にお会いすることの出来ぬ御方《おかた》が、お会い下さると言うのだ。つべこべ言わずに、ついて参れ」

「だから、断《こと》わる、と申した。私は少し酔っておる。静かに眠りたい」

「どうしても我我の言葉に従えぬのか」

「お主《ぬし》たちの顔が見とうなった。朧月の明りの下でな。さぞや無作法な見苦しい顔つきをしておるのだろうな」

「おのれ許さぬ。少し痛い目にあわせてやるから、表へ出い」

「いやはや、これが江戸の侍とはな」

政宗は二人の武士の後から本堂を出た。

本堂内の真っ暗な中にいて闇に馴《な》れた政宗の目には、朧月夜の境内が来た時よりは遥かに明るく見えた。

相手の侍二人の顔もよく見える。

「お主たち若くないではないか。一人は明らかに三十過ぎ、もう一人は四十近く見える。その年でいながら、あの作法とは、全く呆《あき》れ返る」

「貴様ぁ」

二人の侍は抜刀すると、峰《みね》で打つ積もりなのか、刃をひっくり返した。

このとき不意に二人の侍の背後で「よされよ」と静かな声がした。

二人の侍はほとんど反射的に振り返って、切っ先の向きを変えた。

「ほう。意外に速い動きだな。少しは使えそうだが、しかし、その御方には通じぬ」

そう言いつつ、小さな総門を入った左手の黒黒と聳《そび》える巨木の下から、一人の侍が朧月の明りの中へ出てきた。

政宗が思わず「おう……」と微《かす》かに漏《も》らして口元を緩める。

「何者だ貴様は」

「名乗れい」

と無礼侍二人は、政宗に対し自分たちは名乗りもしなかったのに、新しく現われた相手に再び横柄ぶりを示した。

「江戸柳生分家《ぶんけ》頭領の朱印状を、将軍家より頂戴《ちょうだい》しておる柳生兵衛《ひょうえ》宗重《むねしげ》じゃ」

「あっ」

「こ、これは」

二人の無礼侍は慌てて腰低くし、二、三歩退《さ》がりつつ、刀を鞘《さや》に収めた。

「その方らは、急ぎ屋敷へ立ち戻り、堀田備中守正俊様にお伝え申せ。正三位《しょうさんみ》大納言《だいなごん》左近衛大将《さこのえのたいしょう》、松平《まつだいら》政宗様はこの柳生兵衛宗重が、一両日中に必ず丁重に御案内申し上げる、と」

「え……」

「正三位大納言左近衛大将……さま」

柳生兵衛宗重より、政宗の身分素姓を告げられた無礼侍二人は、衝撃を受けると言うよりも、茫然《ぼうぜん》自失であった。

政宗が「あーあー、言ってしまったか」というように、小さな皺《しわ》を眉間《みけん》に刻《きざ》んだ。

こういった一瞬を、最も嫌ってきた政宗である。

令制に於《お》ける大納言と言えば左右大臣に次ぐ高位であり、名誉位を除けば定員は僅《わず》か四名のみ。天皇に近侍する国政参議官兼侍奉官とも称すべき重職であった。
「さ、早く屋敷へ駈け戻られよ。大納言政宗様に対する、その方たちの無礼につ
いては堀田備中守様には告げはせぬ。恐らく政宗様のご身分を知らされていなか
ったのであろうからな」
「は、はい。では、これにて……」
「申し訳ございませぬ」
二人の無礼侍は逃げるように駈け出し、たちまち総門の向こうへ消えて見えな
くなった。
「お許し下され政宗様。江戸には決して、あのような者ばかりではありませぬゆ
え」
と、柳生宗重が深く頭を下げた。この柳生宗重も、かつては幕命《ばくめい》を受けて政宗
に対し執拗《しつよう》に暗殺の刃を向け、血で血を洗う凄《すさ》まじい激闘を繰り広げた人物だっ
た。その結果、今では奇妙な友情を交わし合う間柄となっている。
「なあに気には致しておりませぬ。それにしても久しいですのう宗重殿」
「まことに……政宗様より受けましたる幾か所もの手傷、時にいまだ疼《うず》きます

る」

「それは、こちらも申したきこと。それよりも、宗重殿は私をつけておられましたな」

「さすがに、お気付きであられましたか」

「気付く、というほど、はっきりとしたものでは、ありませなんだがな」

「私が政宗様をお待ち申し上げていたのは、品川宿《しながわ》」

「やはりのう。向かってくる厳しい視矢《しや》をそれとなく感じ始めたのは、確かに品川宿の淋泉寺《りんせん》の辺りでござった」

「京都所司代永井伊賀守尚庸《ながいいがのかみなおつね》様より、老中会議及び柳生飛驒守《ひだのかみ》宗冬様宛に、政宗様が京《みやこ》の御屋敷を離れ江戸へ向かわれた、との報が入り、即座に私に監視の任が与えられました」

「ははは、監視とは、いささか耳が痛い」

「お許しあれ。京《みやこ》にて激しく斬り合《お》うて、共に深い手傷を受けた者同士でございまする。某《それがし》に監視の任が与えられるのは、ま、やむを得ませぬこと」

と、柳生宗重も苦笑。

「ま、そうであろうな」

「あれこれ煩《わずら》わしき訊ね事は致しませぬゆえ、今宵は、わが小屋敷にお泊まり下され。正三位大納言左近衛大将松平政宗様を、かような場所に残したまま立ち去れば切腹ものでございまするからな。わが小屋敷の庭先で再び斬り合おう、などとは決して申しませぬゆえ」

「愉快な御人《おひと》じゃ宗重殿は。遠慮のう御世話になりましょうぞ」

「有《あ》り難《がた》や」

二人は肩を並べ、朧月夜の〝焼け寺〟を後にした。

「私はもう……二度と政宗様に刃は向けませぬよ。お約束致します」

「だが宗重殿は幕府の人じゃ。時と場合により、そうも参らぬ事もありましょう」

「確かに……しかし、私人としての宗重は、もう政宗様とは対峙《たいじ》したくありませぬ」

「嬉《うれ》しいことです。その御言葉、是非にも信じたい」

「あなたは剣も凄いが、その御心も凄《すご》みを感じますほどに澄んで、お綺麗でいらっしゃる。とても刃は向けられませぬ。私はすっかり、政宗様贔屓《びいき》になり申した。これは本心です」

「私も宗重殿も深い手傷を負うたが、幸い命は助かりました。しかし、死なせてはならぬ女性《ひと》を守り切ることが出来ず、死なせてしもうた。それが何よりも無念じゃ」

「高柳《たかやなぎ》早苗……私も彼女だけは生かしたかった。政宗様に近しい女性《ひと》でありまするが、かつては私にとっても忘れられぬ女性《ひと》でありましたゆえ」

「そうであったと早苗から聞いております」

「なるべく早いうちに、菩提寺《ぼだいじ》へ香華《こうげ》を手向《たむ》けてやりたいと思うております。お許し戴《いただ》けまするか」

「菩提寺を、御存知ですか」

「むろん……どうか菩提寺を訪ねますこと、お許し下され」

「なんの。遠慮のう訪ねてやって下され。早苗もきっと喜びましょう」

「幕府の権力とは……政治《まつりごと》の権力とは恐ろしいものでござる。御所《ごしょ》のお血筋《ちすじ》であられます政宗様に対してさえ、たじろぐことなく、私に刃を向けさせたのでございまするから……どうか、お許しあれ。あるいは此《こ》の場で私の青首、打ち落として下されても宜《よろ》しゅうございます」

「何を言われる。もう過ぎたる事じゃ。宗重殿は私と仲良うして下され。それとも、幕府は今もって、私の存在が目ざわりであると？」

「いや、京《みやこ》に向かっての幕府の感情は、すっかり落ち着き申しました。他にいろいろと大きな問題が続発しておりまする事もありまして」

「京《みやこ》に向かっての幕府の感情が鎮《しず》まったとは、何だか信じられぬが」

「いや、本当でございます。江戸はこのところ、大変な状況に陥っておりまして」

「旗本、大名家を襲う食い詰め浪人集団のこと？」

「それも幕府の頭を悩ませている大きな原因の一つではありまするが……」

「これは失礼……立ち入ったことを訊《き》いてしまいましたかな」

「申し訳ありませぬ。私は今、多忙を極めている宗冬小父《おじ》を補佐する目的で、将軍家剣術師範代の立場にあり且《か》つ書院番士《ばんし》でありまするこ とから、幕府内部のあれこれについては余り自由に喋れませぬ。大目に見て下され」

「宗重殿とは生死を賭《か》けて立ち合うていながら、考えてみると、私は貴方《あなた》についての早苗から聞かされた以上のことは知らない。そちらは、正三位大納言左近衛大将松平政宗のことは、よく存じておられるが」

「私は幼少の頃より、将軍家兵法師範柳生宗冬様に師事しておりましたることから、いつしか宗冬小父と呼ぶようになり、江戸柳生分家を許されました。しかし柳生の血筋の者ではありませぬ。私の父は酒井讃岐守忠勝《さかいさぬきのかみただかつ》……」

「なんと」

政宗は驚いて、思わず足を止めた。

「母は豪商で知られた日本橋の呉服商駿河《するが》屋の一人娘、阿季《あき》と申します」

「酒井讃岐守忠勝様と申せば、前《さき》の大老であられ確か寛文《かんぶん》二年（一六六二年）七月にご逝去あそばされた若狭国小浜《おばま》藩十一万三千石の……」

「はい。その酒井忠勝でございまする」

「左様でありましたか。そうと伺《うかが》って、宗重殿に漂う生半《なまなか》でない品性が頷《うなず》け申した。さすが、諸大名家の信頼極めて厚かったことで知られる人格者、酒井忠勝様のお血筋です」

二人はまた、ゆっくりと歩み始めた。

「幕命とは申せ、政宗様に刃を向けてしまった私が、そのようなお褒《ほ》めの言葉を頂戴するのは心苦しゅう存じます」

「なあに。幕府権力で辛《つら》い務《つと》めを負わされし事と、ご自身がお持ちの天性の品格とは別でござるよ。お気になさいまするな」

「恐れ入りまする」

「それにしても宗重殿。私に向けられし貴方の剣はまぎれもなく柳生新陰流でありましたが、しかし……時に別の流儀の含みをも見せておられた」

「やはり、政宗様の眼力は大変なものでございますな。仰せの通りでございます」

「念流……しかも皆伝の域に達していると見ましたが」

「はい。念流の免許皆伝を許されております」

「それに加え、忍び刀法特有の太刀筋《たちすじ》も見られましたが、柳生流忍び刀法をも学ばれましたか？」

「あ、い、いや、忍び刀法は心得ておりませぬ」

「そうですか。それにしても将軍家の剣術師範代の立場にあられる貴方《あなた》が、柳生新陰流以外の刀法を極めておっても差し支えありませぬのか」

「はい。将軍家はご承知です。宗冬小父も、柳生・念流両方を上様に披露《ひろう》してよし、と」

「それは何より」

「それにしても、次第に刀が武士に似合わぬ時代になって参りました。算盤《そろばん》、金《かね》、習い事、出世の野心……抜け目ない小賢《こざか》しい侍が目立つようになり、そのせいかどうか、江戸の治安の乱れ方に不気味なかたちが見え始めております」

「またしても口に致しまするが、浪人集団とかの暴走を指しておられるのではありませぬのか」

「あ、政宗様。朧月の薄明りの下《もと》、向こうにぼんやりと見えて参りました小屋敷。あれが私の住居《すまい》です。今宵は、あとほんの少し私との楽しい酒を付き合うて下され。暗い話は致しませぬゆえ」

　宗重が、話の先をはぐらかすように、暗い彼方《かなた》を指差した。

「ここは、どの辺りになるのです?」

「大外濠川にかかる水道橋《すいどうばし》そばです」

「なるほど。橋が見えておりますな」

二人の歩みが、どちらからともなく、少し速まった。

二

木の香り漂う十六畳の離れ座敷。

来客に備え建てられて、まだ日が浅いと思われる書院造りのその離れが、素浪人こと正三位大納言左近衛大将松平政宗の、今宵の宿となった。

「心地よい酒であったなあ……」

呟いて、やわらかな布団の心地よさに体を預ける政宗だった。

眠りが静かに押し寄せては、また引いてゆく。その夢心地が次第に政宗の意識を遠ざけていった。

何処かで何かがピキリッと小さく鳴った。

離れと母屋《おもや》を結ぶ長い渡り廊下の床が、「夜の冷え込みで鳴ったのであろう」

と思いつつ、政宗は眠りに落ち込んでいった。確かに今宵は、思いもかけない、季節はずれな夜の冷え込みの訪れだった。

どれほど眠ったであろうか。

行灯《あんどん》の小明りの中で政宗は、ふっと薄目をあけた。よく眠った感じが体にあった。そして、柳生分家の離れ座敷を、今宵の宿としている自分に改めて気付く政宗だった。柳生分家とは言っても、「もともと呉服商駿河屋の寮だった建物なのです」と、柳生兵衛宗重から聞かされている。彼と楽しく飲み交わし語り合った酒の席で。

生きるか死ぬかの激烈な死闘を演じた間柄とは思えぬ、楽しいひと時であった。

（心強い友が、この江戸に出来たな……）と、政宗は思いたかった。

宗重から受けた深い手傷は無駄とはならなかった、と感じたかった。

柳生兵衛宗重も、政宗との闘いでかなりの深手を受けている。

宗重は、その創痕《きずあと》が未だ疼くと言う。

「幕府の権力とは、まこと酷《むご》い事をさせたのう……」

寝床の中でそう呟いた政宗の目が、このとき僅かな動きを見せた。

彼は寝床の上に、ゆっくりと上体を起こしつつ、枕元に横たえてあった粟田口久国に左手をやった。

(はて……この気配……妙な)

彼はそう思いつつ、すらりと体を伸ばすようにして、立ち上がった。美しい立ち姿であった。

粟田口久国を帯に通すと、帯がヒュッと鳴った。

政宗は、そのまま動かなかった。障子に視線を向けたまま。

その障子の向こうには廊下があり、更に丈夫な特に厚い美濃紙《みのがみ》(大直紙)から成る障子があって、その外側で雨戸が閉ざされている。

(猫か……いや、忍びだとすれば……見事な猫足……)

判断がつき難《にく》い気配であったが、奥鞍馬《おくくらま》で鍛え抜かれてきた政宗の感覚は全てを捉《とら》えていた。

(まるで……奥鞍馬の鼯鼠《むささび》の気配……似ている)

それも一つや二つの気配ではない、と政宗は感じた。

「柳生兵衛宗重殿の屋敷と知っての、忍びの侵入ならば、余程の手練《てだれ》」

呟いて政宗の足は、ようやく寝床から離れ、畳の上を滑《すべ》った。その足さばきこそ、まるで忍び者の如《ごと》き。

静かに障子を開け、廊下に出て、更にその向こうの障子を開ける。

気配が一層のこと、はっきりと政宗に伝わった。猫の気配でも鼯鼠《むささび》の気配でもなかった。まぎれもなく人、人、人――その微かな息遣いを政宗の感覚は逃さなかった。

母屋には、柳生兵衛宗重とその母、妻、二人の子らが眠っている。

将軍家剣術師範代の地位に就いている宗重は今や、四百石の禄《ろく》を得ている直参旗本であった。慶安二年（一六四九年）に改定された新軍役規定によって、好むと好まざるとにかかわらず、若党、小者など数名の配下をも抱えている。

それら家臣とその家族は、手狭な旧駿河屋寮の小屋敷には収まらないため、隣接する敷地百五十坪ほどの無住だった御家人屋敷を拝領して区割りし住まわせていた。

政宗は雨戸の仕掛《からくり》を、そっとはずした。これで雨戸は敷居を滑る。

彼は雨戸に手を触れ、力を加えた。建てられてまだ日の浅い離れの雨戸は、音もなく滑って政宗の前に朧月夜を広げた。

「ほほう……」

政宗の口から感心したような小声が漏れる。まるで雨戸を開ける政宗を待ち構えていたかの如く、六つの黒ずくめがこちらを見据《みす》えて真っ直ぐに立っていた。政宗に見せているのは、二つの目だけである。ただ、その六人の目つきが判るほど、この夜の月は明るくはない。

「お前たち、忍びだな」

母屋を憚《はばか》ってか、政宗の声は低く静かであった。が、相手の返答はなかった。身じろぎ一つしない。

「此処を柳生の分家と知った上での、振舞いか。それとも、うっかり狙《ねら》いを間違えたか」

「………」

「それにしても、この柳生分家に、よくも見つからずに忍び入れたのう。不思議じゃ」

「………」

「そうか。どうやら、柳生の分家と知った上で忍び入ったのじゃな。ならば一夜の客となりし者として、お前たちを母屋へ向かわせる訳にはいかぬ」

政宗は素足のまま庭先へゆっくりと下りた。

間近に近寄ってくるその姿に、侵入者六人は思わず一歩、また一歩と退がった。

正三位大納言左近衛大将、いや、天下の素浪人松平政宗が朧月夜の中にスラリと立ったその姿は、まるで役者絵であった。

双方無言のまま、刻《とき》が少し過ぎた。

「お主……一体何者か」

六人の内の一人――いかにも屈強な体つきの――が、ようやく口を開いた。

「深夜、他人《ひと》の屋敷へ忍び入る、そなたらに名乗る名は持たぬ」

「我我に構うな、一夜の客のままで大人しくしておれ」

「そうは参らぬな」

「どうしてもか」

「左様」

「ならば、やむを得ぬ」

六人は申し合わせたように一斉《いっせい》に、抜刀した。

正眼《せいがん》に構えた六本の剣先を、政宗はじっと見つめた。それだけではなく、彼は視野の中で、彼ら六人の足構えをもしっかりと捉えていた。

（はて？……）

政宗は胸の内で呟いた。自分を基点として扇状に構え広がった彼ら六人の足構え。その奇異なる特徴は疑いようもなく忍び者の足構え。

しかも彼らは明らかに根来《ねごろ》心眼一刀流、伊賀《いが》古流刀法の構えを見せ、足先を少し浮かした立ち構えをとっていた。正眼の剣先も低い。

（妙だ……浪人集団に襲われたという小大名旗本家の犠牲者は、一様に同じ刀法で斬られていた筈。だが目の前の六人は同一剣法ではない。それに此奴《こやつ》らは浪人ではなく明らかに忍び者……全く別の集団なのか）

政宗はそう思いつつ、粟田口久国を鞘から穏やかに滑らせた。右足を軽く引き気味に、切っ先を相手の足先へ向けた下段の構え。

絵であった。まさに圧倒的なほど美しい絵であった。視線は六人の中央に注がれているものの、どこか捉えどころがない。

ふわりとした、いささか物悲し気な視線。朧月の薄明りのせいかどうか、六人の侵入者には、そのように見えた。

このとき、政宗の後方、つまり廊下に一人の侍が刀を手に現われた。

柳生兵衛宗重であった。

だが宗重は、動かなかった。見とれているかのような表情であった。政宗の剣構えの流麗な後ろ姿に。

（凄い……さらに強くなっておられる）

宗重は思わず生唾《なまつば》をのみ込んだ。柳生新陰流、正統念流の二流を極め、今や柳生本家宗冬と立ち合うても、五本のうち三本は取ると噂されている宗重が、政宗の後ろ姿に見とれた。

そしてまた、われ知らず生唾をのみ込む。

「来ぬか……」

政宗が、ぽつりと呟いた。

刹那《せつな》、正面の二人が風と化して真っ向から政宗に斬り込んだ。一人は跳躍して頭上から、もう一人は閃光のように突っ込みざま鋭く刀を繰り出す。

（危ない……）と、さすがに柳生兵衛宗重も思わず声を出しかけたその時、政宗の体は胡蝶《こちょう》のように、やや右手上方の空《くう》へ舞い上がっていた。

栗田口久国が朧月を鈍く反射させながら、跳躍した忍びの脇腹を優しく下から上へと撫《な》で過ぎる。

撫で過ぎる――確かに柳生兵衛宗重には、そう見えた。それ以外には見えなかった。

が、忍びの体は宙で左脇腹を深深と裂かれ、体を〝くの字〟に折り曲げて声もなく落下。

この瞬間にはもう、粟田口久国の刃はさながら芝居幕が下《お》りるようにスルリと下《さ》がって、もう一人の忍びの首を、音もなく断ち落としていた。

（な、なんと……）

柳生兵衛宗重は愕然《がくぜん》となった。はじめて目にする政宗の恐ろしくもやわらかで静なる業《わざ》であった。かつては幕命を受けて生死を賭けて闘った相手である。にもかかわらず、柳生兵衛宗重は、今の胡蝶が舞うような政宗の剣の動きは一度たりとも見ていない。

（新しく編み出されたか……）

と、柳生宗重は手に汗を握った。

一瞬のうちに仲間二人を殺されて、残った四人がザザッと庭土を鳴らして退がる。

「全滅を覚悟か、それとも庭の血汚れを井戸水で音立てぬようそっと流し清めた上で、骸《むくろ》二つを抱え穏やかに去るか……二つに一つを選ぶがよい」

告げて政宗は粟田口久国を鞘に納めた。

その強さ、段違いであった。形容すら難《むつか》しい圧倒的な剣であった。

忍び四人は、歯ぎしりすることもなく刀を引いた。

「それでよい……二度目の出会いでは命なきと知れ」

政宗は離れの方へ体の向きを変え、その寸前、柳生宗重は呼吸見事に廊下から姿を消していた。

ゆるりと離れていく政宗の背に、再び刀の柄に手をかけた一人の忍びが足を踏み出そうとした。

それを仲間が首を横に振って制止した。

「段違いじゃ……斬れぬ」

まさしくその通りを、制止した忍びが呟いた。憤怒《ふんぬ》と口惜しさを忘れたかのような、茫然たる呟きであった。

三

翌朝、離れで政宗と柳生宗重は向き合い、朝餉《あさげ》を共にした。給仕を脇に置かぬ二人だけの、手前給仕であったから二人の会話は静かにだが弾《はず》んだ。

「……すると、いま着ておられるのは、堀田家由紀姫様よりお借りなされた、若年寄備中守様の普段用の御着物であると?」

「左様。全く面目《めんぼく》ない」

「それにしては、御家紋が入っておりませぬな」

「それが由紀姫様の御配慮であったのではないかのう」

「それにしても、政宗様ほどの御人《おひと》が、小田原《おだわら》宿の夜の旅籠《はたご》で、旅羽織《たびはおり》も野袴《のばかま》も路銀《ろぎん》の一部までもが道中師に盗《と》られ、着流し一枚になってしまわれるとは……ま、政宗様は身丈《みたけ》すらりとなされておられますするゆえ着流しの方が、それはそれは役者のごとく見映《みば》え宜《よろ》しいが」

「ははは っ、皮肉を言《ゆ》うて下さるな宗重殿」

「いや、皮肉ではございませぬぞ。いずれにしろ、早苗の菩提寺へ納める大事な金子《きんす》が無事で何よりでございました」

「旅籠に泊まり馴れておらぬゆえ、とんだ恥を経験してしまいましたよ」

「早苗の死を背負うての辛《つら》い長旅でありましたゆえ、江戸を目前とした宿場城下町で、疲れが一気に出たのでありましょう。その夜の深い眠りは、生身の体ならば当然のことでありまする。政宗様ほどの御人であられても」

「いやあ、返す言葉がありませぬな」

「幕府隠密機関の長《おさ》でありました早苗の死は、その機関と無関係ではなかった私《わたくし》にも大きな責めがあります。長旅で被《こうむ》られた路銀その他の被害につきましては、この柳生宗重、きちんと対処させて戴きまするゆえ、何も言わずに、お受け下され」

「何を仰せられる宗重殿。長旅の……」

「お願いでございまする政宗様。何も言われず、この宗重の好きなようにさせて下され。お頼み申す」

「う、うむ……」

「そうでなければ、この宗重の気持が晴れ申さぬ。早苗の死が絡んだ事でございますから、尚の事と思うておりまする」

「判り申した宗重殿……この政宗、お言葉に甘えさせて戴きまする」

「かたじけなし」

宗重が、にこりと応じて軽く頭を下げた。

粟《あわ》、稗《ひえ》まじりの飯と、小鰯《こいわし》の目指しが二匹、それに塩汁と漬物少少の質素な朝餉であったが、二人の食事は進んだ。

「ところで宗重殿……」

塩汁の椀《わん》を空にした政宗が、膳《ぜん》の上の箸枕《はしまくら》に箸を戻して、宗重と視線を合わせた。

「少し幾つかの事を改めてお訊ね致したいのですが、宜しいですかかな」

「答えられることについては、お答え致しまするが」

と、宗重も椀と箸を膳へ戻し真顔《まがお》となった。

「将軍家剣術師範代であり、若年寄ご支配下にある書院番士である御立場であられますから、お答え難しいところは遠慮のう口を閉じて下され」

宗重が「はい」と答えた。

柳生兵衛宗重が就いている**書院番**は全体が十組で構成されており、**最強組織と称されている大番に小姓《こしょう》組番**を加えて「三番」と称されている旗本の重職であった。一組の番士の数は「頭《かしら》」「組頭《くみがしら》」を除いて五十名。

書院番士は、若年寄配下にあって将軍が江戸城外へ出る際は剣に優れる者が前後の警衛に当たり、また日常的には江戸城虎之門《とらのもん》、中雀門《ちゅうじゃくもん》、上埋門《うずみもん》などを警備し、江戸市中を巡回したりもした。書院番組織全体的には三百石台の旗本が三割ほどと多くを占め、宗重のように四百石台の旗本は二十名前後と少ない。

いずれにしろ旗本たち憧《あこが》れの組織であった。

「宗重殿は昨夜、私に同行を強要せし二人の侍が、堀田備中守様の家臣と知っておられたようでしたが」

「品川宿で政宗様を認めた私は、すでに申し上げましたように、付かず離れず政宗様を見守っておりましたゆえ、堀田備中守様の御屋敷へ入られましたのも出られましたのも、外部から検《み》ていて当然のこと知っておりました。あくまで外部から検《み》ていてでございまするが」

「付かず離れず外部から検《み》ていてのう……」

「はい。付かず離れずです……あのう、何か？」

「いやなに……」

と微笑んで、政宗は続けた。

「私が堀田家で一夜を明かして辞した後《のち》、宗重殿は堀田家を訪ねられましたか」

「いや、訪ねてはおりませぬ。若年寄堀田備中守様と柳生一門は交誼《こうぎ》の間柄であり、由紀姫様のこと、家臣たちのことは、よく存じあげておりまするから、敢《あ》えて訪ねは致しませなんだ」

「……うむ……となると話はここで終ってしまうなあ」

「え？」

「あ、いえ。話を続けるのに少し困りました」

「政宗様……政宗様が堀田様お屋敷へ招き入れられた一昨日、若年寄備中守様は

〝いざ鎌倉〟の当番に当たっておられましたるゆえ、屋敷内には由紀姫様ほか、お年寄り、小者などごく少数の者しかおりませなんだ筈《はず》」

「いかにも……」

「もしや政宗様……その家臣不在に乗じて何者かが備中守様のお屋敷に踏み込み、その者と政宗様はばったり出会ったのではありますまいか」

「宗重殿。申し訳ござらぬが、その点については直接、備中守様に対し問い合わせ下されゝ。宗重殿は堀田家とは交誼の間柄との事ゆえ、その方が宜しいかも」

「そうですか。判りました。機会があらば、そうする事に致しましょう」

「さて宗重殿。この柳生分家の昨夜のことでありますが……」

「わが屋敷に六名の忍びが侵入いたし、そのうち二名を政宗様が一瞬のうちに倒されしこと、この宗重、拝見致し息をのみましてございまする。政宗様はむろん、私が雨戸の陰から見ていたことに、お気付きであられたでしょうが」

「はい。その六名の忍び、剣客柳生兵衛宗重殿の屋敷と承知して何故、襲って参ったのか聞かせては戴けますまいか」

「………」

「柳生分家に忍び入った割には、持てる凄みを手加減しているようにも感じられたのですが」

「それは、どういう意味でございまするか」

「いやなに、さして意味などありませぬよ。で、忍び六名に侵入される心当たりは？」

「…………」

「柳生分家に迷惑を及ぼすような動きは決して取りませぬ。私は、宗重殿の身辺《しんぺん》を心配致しております」

「…………」

「昨夜の六名は根来心眼一刀流及び三人が伊賀古流刀法を心得ており、しかも皆、奇っ怪なる足構えでござった。六人が六人とも凄みは抑えていたものの、相当なる手練《てだれ》」

「…………」

「この江戸で今、小旗本や万石大名家を浪人集団が襲う事件が頻発しておると聞いています。が、それらはいずれも被害者の傷口から、同一流儀の剣法集団と見られておる由《よし》。昨夜の忍び六人とは、その点が符合いたしませぬ」

「政宗様……こうなれば、お話し申し上げましょう。実は幕府権力はいま、二つに割れて激しく対立しているのでございまする」

「ほう……」

「とは申しても、将軍徳川家綱様は、その対立のどちら側にも無関心を装っていらっしゃいます」

「唐代の政治書〝貞観政要《じょうがんせいよう》〟をご愛読なさっていると伝え聞く家綱様が、穏やかな御性格である事は、この政宗も全く知らぬ訳ではありませぬが、その一方で剣術、乗馬、弓道、能、狂言、絵画などにも通じる非常に鋭い感性の持主であられる、とも聞いております」

「はい、その家綱様を協議の中へ入れぬかたちで、ご大老ご老中たちの間にいま次期将軍の座へ、将軍家の血筋とは関係なき宮《みや》将軍を迎え入れようとする密《ひそ》かな動きが、生じつつあります」

「なんですと……それは真実《まこと》ですか宗重殿」

「現将軍がご健在であるにもかかわらず、ご大老ご老中たちのその密かなる動きは、日と共に具体的な激しさを増しつつありまするようで」

「いかに密かなる動きとは申せ、大老、老中たちのその気配が、家綱様の耳に入らぬ訳はありますまい」

「ところが家綱様は〝われ関せず〟の実に淡淡としたご様子であられまして」

「宗重殿。一体誰がその宮将軍招聘《しょうへい》の動きの先頭に立っておられるのです」

「ご大老酒井忠清様（四十六歳）でいらっしゃいます」

「下馬将軍、とも称されておることが京《みやこ》にまで聞こえておる、あの酒井雅楽頭《うたのかみ》忠清様ですな。で、酒井様は既に何処その宮家《みやけ》と熱心に按配《あんばい》なさっておられるのでありましょうか」

「有栖川《ありすがわ》の宮《みや》家でございまするよ政宗様」

「これはまた意外な。にしても、将軍側近の誰も大老、老中たちのその勢いを、武士道に沿って止めようとはなさらぬのか。現将軍ご健在のうちに、宮将軍招聘計画の動きが大老、老中の間で生じるなど、まさしく言語道断。武者としての将軍家血筋の栄えを思って宮家の受け入れを静かに考えるという事なら、まだしも頷けるが」

「真っ向からご大老ご老中たちに反対する御人が、一人おられます」

「柳生家？」

「も、無論そうでありまするが、その上に立って下されて……若年寄堀田備中《びっちゅうの》守《かみ》様（三十六歳）です」

「おお、備中守殿が……家綱様にとっては心強い御方でありますな宗重殿」

「堀田備中守様は、前《さき》の将軍家光様（慶安四年、一六五一年没）の腹心老中であられました亡き堀田出羽守正盛《でわのかみまさもり》様のご三男であられますし、家光様の命《めい》で、天下を動かされました春日局《かすがのつぼね》様の養子となられ遺領三千石をそのまま受け継がれるなど、確かに、ご大老ご老中たちにとっては煙たい反対者ではございます」

「しかも備中守殿は実の母君様を通して、柳生兵衛宗重殿の御父君であられる酒井讃岐守《さぬきのかみ》忠勝様のお血筋でもあられる」

「ええ。亡き父は〝家光様の右手〟とまで評されつつ老中・大老の職に長くありましたから、備中守様を支える無形の力にはなっておりましょう。されども、ご大老ご老中の動きに真っ向から反対なさっておられるだけに、孤立感を著《いちじる》しく深めておられまする」

「うむ、それが幕府組織というものでありましょうなあ」

「政宗様」

「はい」

「政宗様に伏して御願いがございまする。この通り……」

柳生兵衛宗重は膳に額《ひたい》が触れる程に頭を下げた。

「まあ宗重殿。頭をお上げなされて、先に話をして下され」

「これは失礼を……」と、宗重は顔を上げて苦笑したが、それはすぐに面《おもて》から消え去った。

「朝のなるべく早い内に、堀田備中守様を政宗様と御一緒に、お訪ねしたいと思うておりまするが、他にもう一つ、是非にも、この宗重の大きな頼みを受けては戴けませぬか」

「お聞かせ下さい」

「早い内に将軍家綱様にも、お会い下さい」

「何とまた、いきなりな事を宗重殿……」

「一年近くも前、密《ひそ》かに上洛なされました将軍家綱様を、政宗様が京の二条の城に於きまして多数の刺客からお守りなされしこと、その詳細について私はすでに家綱様から聞かされておりまする」

「左様でありましたか」

「家綱様は、はじめの内は政宗様の身分素姓にお気付きにならなかったようですが、なんでも刺客の幾人目かを斬り倒された時の政宗様の攻守の身構えが余りにも美しかったことで〝この御人は、もしや〟と、漠然とではありまするが、お気付きになったようです」

「文武に打ち込むことに御熱心な家綱様の感性の鋭さは、左様なところでも役立っておりましたか。なるほど。私が思うていた通りの将軍であられますな。宜しいでしょう、宗重殿の今のご依頼、受けさせて戴きます」

「有り難うございまする。そのような幕府内部の様子から察しまして、もしや備中守様のお屋敷へ、何者かの命《めい》を受けた、心悪《あ》しき者が侵入したのではないかと、心配致しましたる訳で」

「ならば、若年寄堀田備中守様の心情を御理解なさり且《か》つお味方なさる柳生一門は、当然のこと大老、老中たちにとっては敵たる存在。この柳生分家屋敷へ侵入したる六名の忍び手練には、幕府の息がかかっていると見ねばなりますまいな」

「まこと、その通りかと」

「これは実に深刻なる事態」

政宗は暗い表情で腕組みをした。かつて京《みやこ》に於いて幕府権力に執拗《しつよう》に狙われた、今は亡き高柳早苗の顔が脳裏に浮かんだ。

質素にして清楚で美しい女性《ひと》であった。容姿だけではなく、精神《こころ》も美しく、かつ強靭《きょうじん》な士魂《しこん》を内に秘めたる女性《ひと》でもあった。それに強くひかれた政宗である。妻にしてもよい、という朧心《おぼろごころ》さえあった。

つらい幕命を帯びていた早苗の活動拠点は、京の祇園《ぎおん》の料亭「胡蝶」である。そこの女将《おかみ》が、早苗の「表の顔」だった。その「表の顔」が、京の町の人たちにも、役人たちにも、大名家京屋敷詰の侍たちにも好かれていた。それら大勢の人たちの中で、早苗はたった一人の男《ひと》を選んだ。燃えあがるような想いの対象として。それが――松平政宗であった。そして、命を落とした。政宗を守らんとして。

第三章

一

松平政宗が、柳生兵衛宗重に同行して、若年寄堀田備中守正俊の屋敷を訪ねたのは巳《み》ノ刻、昼四ツ少し前頃（午前十時前頃）であった。

玄関式台で二人を丁重に出迎えたのは、堀田家（安中藩）の江戸家老、御直《おじき》目付、御手廻頭《おてまわりがしら》といった上級侍衆ではなく、なんと供の奥女中二人を従えた由紀姫直《じき》直《じき》であった。

「おう、これは由紀姫様のお出迎え、恐縮でございまする」

先《ま》ず柳生兵衛宗重が、丁寧に頭を下げた。宗重の二歩ばかり背後に控えるかたちとなっている政宗には、由紀姫の三つ指ついた姿が見えないので、することがない。で、飄然《ひょうぜん》の態《てい》で、すらりと立ったままだった。

「お久しゅうございまする宗重様。ようこそお越し下されました。昨夜は当家に仕えし者二人が失礼なる振舞いに及んだる由。厳しく叱り置きましたるゆえ、なにとぞ御容赦《ようしゃ》下さいますよう」

由紀姫が床に額が触れんばかりに再び頭を下げる。

「なに、二人は命じられた事を熱心に果たさんとしただけのこと。悪意はありませなんだ。どうか面《おもて》を御上げ下さいますよう」

宗重はそう言って振り向くと、政宗に促すような目配せを見せて、体を横に開いた。頷《うなず》いて政宗が一歩、前に出る。

面を上げた由紀姫と政宗との視線が出会った。と、なんとしたことか、由紀姫の頬がみるみる朱に染まって、その美しい表情が誰の目にもそうと判るほど、うろたえた。

「一昨夜は御世話になり有り難うございました。由紀姫様付、大野孝衛門忠行殿の御容態はその後、如何《いかが》です？」

「はい、お陰様にて、随分と気力を取り戻しつつあるようでございます。〝いざ鎌倉〟より立ち戻りました当家の医師も、大変な外科的処置のお腕前、と驚いておりましてございます」

「お年寄りゆえ、充分に養生させてあげて下され」

「はい。それはもう……では、小書院の方へ御案内申し上げまする」

と言った時の由紀姫は頰のみならず、もう耳までを赤く染めていた。

「お世話をお掛けします」

「さ、どうぞ」

由紀姫が先に立ち、女中に刀を預けた政宗、宗重と続いて、その後に刀を大事そうに胸に抱いた奥女中二人が従った。

玄関式台より接客、対面の場である筈《はず》の御広間廊下を行き過ぎて、さらに黒書院廊下を経て、広い庭園を右手に見つつ長い渡り廊下を渡って、ようやく政宗と宗重は小書院に着いた。

堀田家屋敷を訪れることが初めてではない宗重にとっても、格式と形式を備えた御広間までしか知らなかった。

(屋敷奥に当たる小書院にまで政宗様を案内するということは、備中守様は、かつてない親密な客として政宗様を迎えようとなさっておられる)

宗重は、そう思った。

その小書院の前で、政宗と宗重の二人は静かに腰を下ろした。

「兄上様……」

閉じられた障子の前で正座をした由紀姫が、声を掛けたが内《ない》から返事がない。

「お殿様。正三位大納言左近衛大将松平政宗様と柳生兵衛宗重様をご案内いたしました」

と、由紀姫はすでに政宗の身分素姓を知っている。

「おお。御出《おいで》なされましたか」

と、ようやく障子の中から少し曇ったような元気の無い返答があって、由紀姫が「お開け致しまする」と告げつつ障子を静かに引いた。

廊下に正座していた政宗と宗重は、小書院室内を見て共に「あっ」と驚いた。

部屋の中央に寝床が敷かれ、その上で若年寄堀田備中守正俊以外の者とは考えられぬ人物が、天井を向いたままであった。他には誰もいない。

「失礼いたしまする。一体どうなされました備中守様」と、宗重が腰を上げた。

「申し訳ない宗重殿。医師の手当てで痛みが緩み、ついウトウトとしてしもうた。無作法、許して下され」

「痛みとは何でございまするか。どこが、お痛みなのです?」

宗重は由紀姫の横をすり抜けるようにして、備中守の枕元に近付いた。

政宗は由紀姫のそばで正座の姿勢を崩さず、室内を見守った。

「落馬じゃ。落馬いたした」

「いざ鎌倉、の訓練に於《お》いてでありますか」

「うむ。面目ない」

「しかし備中守様は、ご乗馬にかけては藩随一の御腕前……」

「配下の隊に早駈けの命《めい》を出し、自らも馬腹を蹴《け》って半町と行かぬ内に鞍《くら》もろともな」

「鞍もろとも……」

そう呟《つぶや》いたのは宗重ではなく政宗であった。

彼はゆっくりと腰を上げ、備中守の寝床に近付いていった。

「これは大納言松平政宗様。このような見苦しき様での初めての御挨拶《あいさつ》、なにとぞお許し下され」

「お気になされませぬよう。それよりも骨の方は大丈夫なのでございますか」

「はい。医師は脚腰《あしこし》の筋《すじ》はかなり痛めたであろうが、骨はどうやら心配ないと診《み》てくれました」

「それは何よりでございます。しかし得意の乗馬で鞍ごとの落馬とはいささか解《げ》せませぬ」

「鞍につきましては一度ならず二度までも、馬体にしっかりと固定されていることを自分の目で確かめてございます。決して馬方《うまかた》の怠慢のせいとは思われませぬ」

「して、その鞍は今どこに？」

「御馬頭取《おうまがしらとり》を経て厩之者《うまやのもの》の手に渡っておりまする」

そう涼し気な声で答えたのは備中守ではなく、広縁《ひろえん》に控えている由紀姫であった。奥女中二人の姿は、もう広縁その辺りには見当たらない。

「由紀、そのような場所から大納言政宗様にお答えするとは無礼であろう。部屋に入り障子を閉めなさい」

「かしこまりました」

由紀姫は小書院に入って障子を閉めたが、その位置に控えた。

「江戸入りなされて幾日も経《た》たずして、この堀田正俊の屋敷と偶然にもかかわりを持たれ、しかもその御方が何者でいらっしゃるかの文《ふみ》を柳生分家の使いの者から受け取りましたる時は、それはもう私も由紀も大層驚きましてございます」

「私《わたくし》は一介の浪人でございます。そのように眺め、そのように接して下さいますることを切に望んでおります」

「政宗様の御立場を知りましたる以上は、そうも参りませぬ。ましてや現在《いま》、幕府に於きましては政宗様……」

「はい。備中守様が苦しい御立場にあられること、固く口を閉ざしておられました宗重殿より、この政宗なんとか打ち明けて戴《いただ》きましてございます」

「さようでございましたか。現将軍家綱様ご健在であるにもかかわらず、次期将軍の候補として有栖川宮《ありすがわのみや》を固めんとするご大老ご老中たちの腹の内が、私には理解できませぬ。今の頃より一体何の意味ありて次期将軍を画策しなければなりませぬのか……家綱様ご重症の床にあり、というならまだしも」

「宗重殿より家綱様に会《お》うて戴きたいと頼まれ承知致しましたが、備中守様はご同意下されましょうや」

「政宗様、是非に将軍に会うて下され。なれど、一つ不安がございます」

「不安?」

「ご大老ご老中一党は〝宮将軍《みや》〟を画策の最中。でありますれば、その深刻なる情況下で、お血筋《ちすじ》止ん事無《ごとな》き政宗様が動き出しまするると、相手は神経を苛立《いらだ》たせ、どのような災厄《さいやく》が政宗様の御身《おんみ》に降りかかるやも知れませぬ」

「政宗様につきましては、柳生一門が総力を上げてお守り致します」

　宗重が横から断固たる口調で言った。

「いやいや」と政宗が小さく首を横に振った。微笑んでいる。

「幾度も申しますように私は一介の浪人。自分の身は自分で守りまする。宗重殿、決して柳生一門を動かして下さいますな」

「ですが、政宗様にもしもの事あらば、堀田備中守様御一門及び柳生一門は、京《みやこ》の御所に顔向けが出来ませぬ」

「私は御所とは関係ござらぬ」

「ですが、現実には、そうも参りませぬ政宗様……」

「宗重殿、もし私を警衛せんとして柳生一門を動かすと申されるなら、私はこれより直ぐに江戸を発《た》ち、京《みやこ》へ戻りますぞ」

「う、うむ。それは、ちと困りまする……判り……判り申しました。一門は動かしませぬ」

「宗重殿、私は私の力で自分を守る。それが出来る者であると、お認め下さいますな」

「むろんのこと。この宗重を二、三人揃《そろ》えたとしても、とうてい倒せる御方ではありませぬ。まるで神域仏域に達しなされたが如《ごと》き凄《すさ》まじき剣客かと」

「ははは、そこまで大袈裟《おおげさ》に言うて下さいますな。ところで備中守様、後ほどゆるりと色色お聞かせ戴いたり、お話しさせて戴いたり致しますが、先ず御馬《おうま》頭取《がしらとり》と厩之者《うまやのもの》に会わせて戴いて宜《よろ》しゅうございまするか」

「それはもう。ひとつ違う目で鞍をようく検《み》て下され。これ、由紀や。政宗様、宗重殿を馬方《うまかた》へご案内を」

「畏《かしこ》まりましてございます」

由紀が頷き、政宗と宗重は立ち上がった。

それが、かつてないほど恐ろしい事態の幕開けとなろうとは、まだ想像だにしていない松平政宗であった。

遠雷が轟《とどろ》いて、晴れた空が小さく震えた。

二

松平政宗と柳生宗重は、奥女中に預けた刀を返されて、由紀姫に案内され御隠厩《うまや》へ向かった。

普通、こういう場合、姫たる者は自ら厩までは案内しないものだ。御馬頭取《おうまがしらとり》かその配下が呼びつけられ案内を命ぜられるものだが、天道流薙刀《なぎなた》術皆伝の由紀姫はさすがに違った。

厩は一度御殿を出て、大台所御門の前を通り過ぎ、小姓衆長屋まで足を運ばねばならない。御隠厩は、その小姓衆長屋と——七、八尺の間を空け——並ぶかたちである。

由紀姫は御殿着の裾《すそ》を、右手でつ、と軽く持ち上げて足運び軽く二人の剣客の前に立った。

「姫の足運び、お気付きですか政宗様」

「はい。天道流薙刀術皆伝と聞いております。なかなかの足運び」

「姫の兄上様……備中守様ですが、武道よりも嫁入りを、と大変心配なされておられまして」

「あの類《たぐい》まれなお美しさなら心配ありますまい宗重殿。いずれ何処《どこ》ぞの立派な御武家が」

「なら宜しいのですが……なにしろ近頃は刀が重いと嘆く青侍が多いものですからねえ」

由紀姫より六、七歩遅れて小声で話を交わす二人を知ってか知らずか、前を行く姫が足を止め振り向いた。

「此処《ここ》が厩でございます。ただいま厩之衆《うまやのしゅう》を呼んで参りましょう」

政宗と宗重の言葉を待たずに、由紀姫の姿は番小屋の中へ消え去った。

暫《しばら》くすると異変が生じた。

「たわけ者」と、由紀姫の鋭い声が番小屋の中から聞こえてくる。

「はて?」

宗重が小首を傾《かし》げつつ番小屋の中へ入っていったが、政宗は外に控えていた。

番小屋の中で何事かが生じたとすれば、外でも変事が起こりかねない、と判断してのことだった。尤《もっと》も、その判断はほとんど本能的なもので、あれこれ考えた上でのことではない。

由紀姫と宗重が萎《しお》れた小柄な若い――十七、八か？――厩之者をともなって、番小屋から出て来た。

「政宗様。備中守様の鞍が、どうやら盗まれたようです」

宗重の言葉に応えるかわりに、政宗は厩之者を見た。責任を感じているのであろう、体を小さく震わせて怯《おび》えている。

「これ。そう萎れずともよい。判っている範囲でよいから私の問いに、答えておくれ。お前の名は？」

身丈《みたけ》のある政宗は穏やかに声をかけつつ腰を少し曲げ気味に、小柄な相手と視線を合わせた。

「市助《いちすけ》と言います」

「市助か。備中守様の鞍は、いつも市助が責任を持って任されているのかな」

「御馬頭取西場倉平《にしばそうへい》様が責任を持ってお預かりになっているのを、日常的には私が任されています」

と、喋《しゃべ》る言葉は、しっかりとしている。

「そうか。御馬頭取は市助を信頼しているのだな」

「私は……私は腹を切らねばなりませんか」

「これこれ、そう簡単に腹など切るものではないぞ。鞍に付属する鐙革《あぶみがわ》とか鐙、それに腹帯《はらおび》などはどうかな」

「いざ鎌倉、からお戻りなされた事もありまして、手入れのため鞍から外してあったのですが、それも見当たりません」

「鞍を馬体に安定させるためには、腹帯が何よりも大切なことは市助も存じておろう。その腹帯に何か異常はなかったかな。たとえば切断されていたとか」

「えっ、切断でございますか」

「例えば、の話なのだ。あくまでな」

「さ、さあ……」

「そうか。判った、もうよい」

「あ、あのう……」

「心配いたすな。由紀姫様や柳生殿が、お殿様に取り成して下さろう。安心して誠実に仕事に励むがよい」

「は、はい。有り難うございます」

三人に向かって丁寧に頭を下げて番小屋へ引き返した市助の顔は、もう蒼白《そうはく》であった。

「由紀姫様。備中守様の馬を私に見せて下さいませぬか」

「こちらです」

由紀姫が答えるよりも先に、宗重が番小屋の直ぐ隣の厩を指差した。

堂堂たる体軀《たいく》の白馬が、厩から首から先を出して鼻をブルルッと鳴らした。

気性《きしょう》の強そうな、白馬であった。

三人は清掃の行き届いた綺麗《きれい》な厩に入った。備中守の愛馬の厩であるから、かなりの広さだった。それに明るい。

「よしよし……」

政宗は声をかけつつ、先ず馬の鼻面《はなづら》を撫《な》で、頰から首へと掌《てのひら》を滑らせた。

白馬が目を細めたのを見届けて、柳生兵衛宗重が帯径《おびみち》と呼ばれている肋《あばら》の前部へ顔を近付ける。

「政宗様……ここを」

声をかけられて、政宗が宗重に近付いて「矢張りな」と頷いた。

宗重が指差した帯径に、血が滲《にじ》んで乾いたあとがあった。

「鞍を安定させる腹帯《はらおび》が切られた際に、ついた傷でありましょうな」

そう言いつつ、反対側へ回った政宗が「宗重殿、こちら側も傷つけられております」と言った。

宗重と由紀姫は、反対側へ回った。

「こちら側の出血痕は、やや大きいですね。それにしても、腹帯の両側が気付かぬうちに切断されたとなると、如何《いか》な乗馬得意の備中守様と申せども落馬いたしましょう」

宗重の言葉に政宗は黙って頷き、由紀姫が不安気に口を開いた。

「なれど宗重様。兄上が馬上にあるというのに、両側の腹帯を気付かれぬうち一瞬のうちに断ち切れましょうか」

「現実に断ち切られ、備中守様は落馬していなさる」

「一体、そのような離れ業《わざ》、何者が心得ていると申されるのです」

「忍び……かも知れませぬな」

「忍び……もしや政宗様。〝いざ鎌倉〟により家臣総出の留守を狙《ねら》って当家に侵入したる何者かも、忍びでありましたのでしょうか」

由紀姫のその言葉に、柳生兵衛宗重が驚いた。

「やはり何者かの侵入が当屋敷にありましたか由紀姫様。して幾名の侵入が……」

「それが、私は侵入した者を見ておりませぬのです」

「一人です」

と答えたのは、政宗であった。

「え？」と、由紀姫が宗重から政宗へ視線を移した。

政宗は、堀田邸裏御門《うらごもん》の外側で、妖気《ようき》放つ凄まじい抜刀の構えを見せた不審な侍のことを、まだ由紀姫には打ち明けていない。大名家のいざこざに首を突っ込むつもりなど、初めからなかった政宗だった。ましてや右も左も判らぬ江戸へ入ったばかりであった。

「その一人、武士でありましたか」

訊《き》いたのは、宗重であった。

「ふむう……武士と言えば武士……だが私に見せた抜刀の構えは、背筋が寒くなるような妖気を放っておりましたな」

「妖気……すると忍びということも」

「かも知れませぬ。忍び業《わざ》を修練にて身に付けた忍び侍にしては、余りにも凄みのある妖気……あれは伊賀《いが》でも甲賀《こうが》でもないなあ」

「私が知る伊賀、甲賀の忍び業は、厳しい修練にて会得したる体技《たいぎ》とも申すべき正統業《せいとうわざ》。妖気を放つ業の存在については、承知いたしておりませぬ。政宗様は奥鞍馬にて幼き頃より想像を絶する苦しい修行を積んでこられた御方《おかた》。妖気業《わざ》について何か御存知の事はありませぬか」

「知りませぬ。聞いた事もありませぬ」

「由紀姫様。いずれにしろ、備中守様を落馬させし何者かは、只者《ただもの》ではありませぬ。備中守様の身辺および屋敷内の警備は、厳重になされますように。柳生一門も人手を割いて当屋敷周囲《まわり》で目を光らせるべく、宗冬小父《おじ》に進言致しまするゆえ」

「ご心配をおかけ致し申し訳ありませぬ宗重様」

「ところで政宗様……」

「はい」

「将軍家綱様にお目にかかって戴く件。急ぎ手配り致して宜《よろ》しゅうございますか」

「お願い致します」

「出来れば、これから直ちに」

「そのように急な無理、将軍家に通りますのか。また、お許しを戴けたとしても、私は気軽なこの着流しで参りますぞ宗重殿」

「ともかく宗冬小父に動いて貰います。水面下でそっと」

「判り申した。ではそれまでの間は……」

「当屋敷内に、お留《とど》まり下さい。宜しゅうございましょうか由紀姫様」

「むろんのこと、是非にも、そうなさって下されませ。何やら大納言政宗様には大変な御迷惑をお掛け致すようで、心苦しゅう存じまするが」

「若年寄堀田備中守様とお近付きになれましたのも、何かの御縁でございましょう。江戸入りしたばかりの宿無し浪人松平政宗にとっては、むしろ有り難きこと」

「政宗様。その宿無し浪人、という御言葉は御慎《つつし》み下され。もしも京の帝《みかど》の御耳に届くような事がありまするると、悲しみなされましょう程に」

「おっと宗重殿。御願いでござる。どうか御所につながる如何なる御名前もお出し下さいまするな。私は天下の素浪人。お約束下さらぬと今直ぐにでも私は江戸を発ちまする」

「あ、はい。わ、判りました。では、これより私は宗冬小父の元へ行って参ります」

「宗重様。いずれか馬を選び、お使いなされませ」

由紀姫に言われ「助かります」と、厩から足早に出て行く宗重だった。

厩に残された松平政宗と若年寄・安中藩主堀田備中守正俊が妹由紀姫。

「政宗様……」

と、政宗の顔から目を離さず、控え目に声をかける由紀姫であった。その澄んだ声に、いささかの息苦しさを漂わせている。

「はい。何でございましょう」

「腰の御刀は、名の知れたものでございまするか」

「粟田口久国です」

「おう、あの噂《うわさ》に聞く天下の名刀」

「お手にしてみますか。実戦刀拵《こしら》えゆえ少し重うございまするが」

「はい。持たせて下さりませ」

政宗は口元に優しい笑みを見せると、腰から粟田口久国を抜き取り、差し出された由紀姫の白い両手に鞘のまま乗せてやった。

「まあ、何と重い」

「とは申せ、姫が軽軽と振り回す大薙刀《おおなぎなた》ほどの重さはありませぬぞ」

「あれ、わたくしには大薙刀を軽軽と振り回す、男勝《おとこまさ》りの力などございませぬ」

「ははは、左様ですか」

「鞘から抜いても宜しゅうございましょうか」

「馬が驚きます。厩から出ましょう」

二人は、厩の外に出た。

「抜いて真剣に身構えて見なされ。鞘は私が預かりますから」

「ご指導下さいまするか」

「致しましょう、と軽軽に言えるほど極めてはおりませぬ。が、拝見は致しますゆえ」

「拝見とて嬉しゅうございます」

微笑んだあと、真顔となって鞘から刀を抜いた由紀姫だった。

政宗は、鞘を受け取った。

由紀姫が、正眼に構えた。御殿着を着たままである。

政宗が、姫の正面、七、八尺のところへ回った。番小屋から厩之者たちも現われて見守る。

「ほほう……」

「正しい構えになっておりましょうか」

「なかなかの構えと思います」

政宗がそう言った時であった。由紀姫の目つきがキッとなった瞬間、地を蹴《け》るようにして政宗に一気に斬《き》りかかった。御殿着の裾《すそ》が白鳥の羽のように翻《ひるがえ》り、驚いた厩之者たちが一様に「あっ」と叫ぶ。

だが真の驚きは、その次に待ち構えていた。

由紀姫が鋭く打ち込んだ粟田口久国の一撃を、政宗が軽く体を横に開くや、鞘を持たぬ方の手——右手——でその峰を叩いたのである。

と、見えたが、いや、叩いたのではなく、右手五本の指で刃を握り止めていた。

「おのれ……」と、由紀姫が思わず向きになって、粟田口久国を引き戻そうとするが、素手で摑《つか》まれているというのに、刀は宙で固定されたかの如く全く動かない。

由紀姫は余りのことに身震いを覚えて、ようやくのこと体から力を抜いた。

政宗が微笑んで、刀から指五本を離した。

「お許し下さい。どうしても政宗様の真実を知りたく、つい……」

「宜しいのです。武芸を心得たる者の衝動は、わたくしにも判ります」

「掌《てのひら》は大丈夫でございますか」と、由紀姫が政宗に小駈けに寄る。

「ええ」と、政宗は相変わらず微笑んでいる。

「お見せ下さりませ」

「はい」と、政宗は右手を素直に開いて見せた。斬り傷もなければ、いささかの赤味さえもなかった。

「なんと……神業《かみわざ》じゃ」

由紀姫の呆然《ほうぜん》たるその言葉に、厩之者たちも顔を見合わせ低い声を発した。

「何故でございます政宗様。あれほど強く打ち込んだる刀を宙で握り絞めるが如く受け止められましたのに、掌に小さな傷一つありませぬ」

「何故かは私にも判りませぬよ。単なる偶然、たまたまでござろう」

政宗は由紀姫から返された刀を鞘へ戻しつつ、ゆっくりと厩から離れ、御殿玄関へ向かった。

だが由紀姫は、承知しなかった。

「やはり政宗様は当たり前ではない剣客。いいえ、大剣客。何と申される流儀でございましょう」

「流儀などありませぬ。我流です」

「では、その我流とやらを、当屋敷にいつ迄もお留《とど》まりなされて、この由紀にどうか教授下されませ。御部屋も御俸禄も必ず兄上様にきちんと出して戴きまするゆえ」

「お断わり致します」

「え……」

「私はこの江戸でこれより、訪《たず》ねるべき所、なすべき事、などをあれこれ抱えたる自由気儘《きまま》な浪人。それなりに多忙となります。それに御屋敷勤《づと》めなどは性《しょう》に合いませぬ」

「ならば屋敷の外に政宗様に相応《ふさわ》しい住居《すまい》を用意致します。由紀の元へ一日置きに、お通い下さるという御願いでも駄目でございましょうか」

「はい」

「政宗様は由紀のような男勝《おとこまさ》りな女は、お嫌いなのですね。わたくし、お華《はな》もお茶もあまり出来ませぬもの」

と、うなだれてしまう由紀姫であった。政宗と最初に出会《でお》うた時のあの勇ましい凜《りん》たる「大薙刀の姫」の面影《おもかげ》はどこにもない。

御殿玄関が二人の目の前に来ていた。

「さあ姫。備中守様の枕元まで、また案内《あない》して下され。殿の愛馬横腹の切り傷について、私なりの考えを含めて御報告申し上げねばなりませぬ」

由紀姫は黙って頷いた。すっかり元気をなくしていた。

三

松平政宗と柳生兵衛宗重は、中堅の御目見得《おめみえ》旗本の専用通用門となっている「数寄屋橋御門」からではなく、なんと十万石以上の譜代大名の専用門である「大手門」を潜《くぐ》った。

宗重に対する柳生飛騨守《ひだのかみ》宗冬の「御門お役目筋《すじ》へ申し出ておくゆえ、そう致せ」との指示であった。

明らかに、政宗に対する特別な配慮に違いなかった。〝自由浪人〟を自覚してやまない政宗が、最も嫌う特別扱いであった。

「大手門」は、警衛も十万石以上の譜代大名に任されている。

厳しい警備の「大手門」を何事もなく過ぎて、政宗と宗重は「三の御門」へと近付いていった。この御門を潜った所からが、事実上の御殿（江戸城）敷地となる。

「次なる三の御門は、百人組与力同心の警衛となりまする」

天神堀にかかる内追手橋の手前で、宗重が囁《ささや》き政宗は黙って頷いた。橋の先端は「三の御門」に触れている。

内追手橋の袂《たもと》を警衛する侍たちが直立不動、無言、無表情という妙な雰囲気をつくり出す中を、宗重が一歩先、その後に政宗が従った。

自分に覆いかぶさってくるような城の余りの巨大さに、政宗は驚きを通り越して純粋に呆《あき》れかえっていた。京《みやこ》の御所と、まるで比較にならない。

（まこと勝者《しょうしゃ》の権力とは怖《こわ》いのう……）

何かを見て驚く、ということが滅多にない政宗も、さすがに圧倒されている自分を感じた。

「三の御門」を潜ると直ぐ左手に百人番所があり、百人組の与力同心が矢張り直立不動で立っていたが、宗重にではなく、政宗に視線を集中させ慇懃《いんぎん》に頭を下げた。

百人組が若年寄支配下にあることは、もちろん熟知している政宗である。

幕府の職制については、非公式な隠密機関でない限りほとんど政宗の頭に入っている。

宗重が少し足を速め、政宗のほんの僅か前を行った。

右手前方に御持弓《おもちゆみ》御持筒《おもちづつ》の与力同心が警衛する「中の門」があって、彼らもまた若年寄支配下にあった。

歩みを止めた宗重が中年の番士と何事か小声で話し合ったので、政宗は間を空け足を止めた。

やがて相手が「承知した」という口の動きを見せて頷き、宗重が足早に政宗のそばへ戻ってきた。

「政宗様。いま私と話を交わしておりましたのは、若年寄備中守様の信頼厚い、先手頭《さきてがしら》九百石山野次郎三郎《やまのじろうさぶろう》殿です。実は誠に変則ではありますが、御本丸の遠侍《とおさぶらい》ではなく此処で両刀を預けるよう、宗冬小父から申し付けられておりまする。構いませぬか」

「余程のこと、私の城中《じょうちゅう》入りについて、柳生飛騨守様は御苦労なされているようですね」

「城中で政宗様に大事があってはならぬ、宗冬小父は、ただそれだけを念じてございます」

「そこまで気遣い戴き誠に申し訳なく思います。飛驒守様にも、お目にかかれる機会を、おつくり下され」

「そのつもりでおりますれば……」

「うん」と政宗は首を小さく縦に振り、粟田口久国の両刀を柳生兵衛宗重の手に預けた。

　先手頭山野次郎三郎とやらが、自分の方から近付いて来て、政宗に向かって丁重に腰を折った。年齢《とし》は四十過ぎ、というところであろうか。

「責任を持って、この先手頭山野次郎三郎お刀をお預かり致します。他の何者にも決して手は触れさせませぬゆえ、ご安堵《あんど》下さりませ」

「面倒をおかけ致します」

「なんの。正三位大納言左近衛大将松平政宗様に、こうして間近にお目にかかれましたること、光栄この上もなく、わが人生の宝でございまする。お刀、確かにお預かり申し上げました」

　山野次郎三郎はそう言い終えると、もう一度深く頭を下げ、宗重の両刀をも受け取って退《さ》がった。

謹厳実直を絵に描いたような山野次郎三郎に出会って、江戸城の巨大さに圧倒されていた政宗の気分が少し明るくなった。いい人物を知ることが出来た、とも思った。

人は財産——これまでの度重なる激闘の中から得た多くの魅力ある人たちから、つくづくそう感じる事が多くなっている政宗である。

政宗と宗重は「中の門」を潜り、次の最後の門「書院門」(中雀門)へ向かった。

この「書院門」こそ、宗重が属する書院番の与力同心が警衛している。

若年寄支配下の書院番の組数は全部で十組。

各組は、禄高五千石前後の書院番頭(旗本・一人)によって指揮され、その下に禄高六百石以上の書院番組頭(旗本・一人)と、禄高三百石を中核とする書院番士(旗本・五十人)が所属していた。さらにその下で門衛などの日常的任務に就いているのが、書院番付《つき》与力十騎と同心二十人であり彼らだけはあくまで与力同心であって旗本ではない。

書院番士の出世先の重要職を順不同で挙げてみると、勘定奉行、町奉行、大目付、留守居、大坂町奉行、大番頭《おおばんがしら》、書院番頭、鎗《やり》奉行、長崎奉行、といった具合になる。

因《ちな》みに、政宗と宗重の刀を預かった先手頭山野次郎三郎は旗本であって、鉄砲・弓を担《にな》う二十数組を采配《さいはい》する先手頭の禄高は、凡《およ》そ千石前後といったところであろうか。

政宗と宗重は書院門を潜った。

警衛する書院番士および与力同心たちに慇懃に頭を下げられて、政宗の表情が少し曇った。こういう事が苦手な〝自由浪人〟政宗である。そのために着流しを押し通した無作法極まりない形《なり》で登城したのだ。

ところが、それがどうやら逆の雰囲気を生んでしまっている。

政宗は、着流し姿の自分が、得も言われぬ而《しか》も極めて自然に高貴な香りを放っていることに気付いていない。気付いていないからこそ、一層のこと近寄り難い印象を漂わせている。

「ほほう……これはまた」

政宗は足を止め、さして高くはない左手白塗り塀の向こうに聳《そび》える圧倒的な大きさの建物に目を奪われた。

　宗重が囁いた。

「大広間です。城中最大にして最も格式高い建造物でありまして東西は凡そ三十間《けん》（約五十四メートル）。俗に千畳座敷と言われておりますが、実際には四百畳と少し、の広さがありましょうか」

「なるほど、あれが大広間ですか。将軍の謁見の場でしたな」

「はい。将軍家綱様とは、大広間で会って戴くことになります。内部は、先ず将軍がお座りなされます〝上段の間〟があり、次に一段低くなって〝中段の間〟そして〝下段の間〟へと下がってゆきます」

「なるほど……」

「〝下段の間〟からは更に東側へ折れるかたちで二の間、三の間、四の間と続きます。さ、参りましょう。少し刻《とき》をかけ過ぎましたゆえ」

　宗重はそう言うと、目の前の建物〝遠侍《とおさぶらい》〟の玄関へ足を速めた。

　本来ならば、この遠侍に詰める衛士に刀を預けて、殿中へ入る。

　だが丸腰の二人は、誰が見ても無害な姿であった。柳生兵衛宗重の政宗に対する細《こま》やかな配慮が、そこにあった。

むろん、そのことに気付かぬ筈がない政宗である。

「政宗様、ここで少しお待ち下さい」

そう言い残して一足先に遠侍に入った宗重が、直ぐに怪訝《けげん》な顔つきで政宗の方へ戻ってきた。

「如何《いかが》なされました」

「政宗様。どうも状況が変わったようです」

「と、申されると?」

「政宗様を案内《あない》する私は、此処まででよい、と」

「誰がそのように申されたのです?」

「大広間の北側ほど近くに、我らの書院番頭本多越中守信行《ほんだえっちゅうのかみのぶゆき》様が詰めます〝菊の間〟がございます。そこより越中守様が遠侍番所に出て参りまして、遠侍《ここ》より先は政宗様お一人にてと将軍家綱様特段の御指示あり、と告げられました」

「右も左も判らぬ広い殿中を私《わたくし》一人で、と申されますのか」

「どうも謁見は、大広間ではないのかも知れませぬ」

「判りました。ともかく一人で遠侍に入らねばなりますまいな」

「が、政宗様……」

と、宗重の声が低くなった。

「殿中とは申せ、御油断なさらぬよう御願い致しまする。何が待ち構えているや判りませぬゆえ。しかも政宗様は丸腰……」

「ご心配下さり恐縮。充分に気を付けましょう」

「では、あれへ。私は此処にて退がります」

柳生兵衛宗重は遠侍玄関の方へ右手をひらりと流すと、書院門へ戻っていった。

政宗は遠侍玄関に入った。宗重が言った本多越中守らしき人物は、何処にも見当たらない。玄関奥の遠侍番所に数人の侍たちが正座で控えていて一斉に頭を下げ、うち三十前後に見える一人が「お待ち申し上げておりました。ご案内致しまする」と立ち上がった。むろん初対面であったが、着流しの侍は大納言松平政宗、と事前に申し渡されているのだろう。

「恐れ入ります」

政宗は、やわらかく応じた。遠侍番所には御徒衆《おかち》が詰めているのであったが、案内の侍は姓名身分は名乗らなかった。が、殿中を案内できるところを見ると御《お》徒頭《かちがしら》——禄高千石前後——なのであろうか。

やはり政宗は大広間へは案内されなかった。曲がりくねった長い廊下に面する大小座敷の一つ一つについて説明されはしなかったが、彼は〝虎の間〟を過ぎ、〝蘇鉄《そてつ》の間〟を経て、〝白書院〟に差しかかった。

虎の間は書院番の、蘇鉄の間は大名の供 侍《ともざむらい》の詰所である。

そして白書院は、大広間に次ぐ高い格式の殿舎で、将軍が座す上段の間、次いで下段の間、堀田正俊のような城持ち譜代大名が座る帝鑑の間、さらに連歌の間、がほぼ田の字形に接するかたちで設けられており、元旦になると加賀前田《まえだ》家、越前松平家などは此処で上様に年賀の挨拶をし、また勅使（天皇の使者）や院使の歓迎の宴などは、下段の間で行なわれた。

その白書院の前で、案内の徒頭《かちがしら》らしき侍は足を止めた。

静まり返って誰もいない向こうまで伸びている廊下の中程に、五十半ばくらいの眼光鋭い武士が両拳を軽くつくって立ち、四十前後の正座する侍一人を従えていた。

「これは……」と、政宗が小声を出すのと、徒頭らしき侍がスウッと〝退がり足〟で退がって行くのとが同時であった。

政宗は、うやうやしく丁重に頭《こうべ》を下げてから、ゆっくりと相手に近付いていった。彼は眼光鋭い五十半ばくらいに見える武士を、一万石の大名であり将軍家兵法師範でもある柳生飛騨守宗冬と瞬時に見破っていた。

面前に立った政宗に、相手（飛騨守）も丁重に腰を折り、「飛騨守でござる。お待ち申し上げておりました」と告げた。低い声の、ズシンとした響きを持つ声であった。

「書院番頭本多越中守信行でございまする」

正座で控えていた侍が、額《ひたい》深く下げつつ名乗った。

「ご面倒を、お掛け致しまする」

政宗は敢《あ》えて名乗らず、それだけを言った。

「これなる書院番頭、本多越中守は柳生新陰流の皆伝者。上様の御近くまで、二人で御案内仕《つかまつ》る」

「心強く思いまする」

政宗が言葉短く応じたところで、正座していた本多越中守が静かに腰を上げた。

案内《あない》は越中守が先に立ち、次が柳生飛騨守、一番後ろが政宗だった。ここまで案内した徒頭らしき侍の姿は、もう何処にもない。

（それにしても殿中の何たる静けさ……これは異常じゃ）

政宗は、そう思った。が、思いつつも、閉じられた襖《ふすま》・障子の向こうから突き刺さってくる夥《おびただ》しい視線を感じた。

また政宗には、一番前を行く本多越中守の背中が、周囲に並並ならぬ〝警戒〟を払っているように見えた。

「これが白書院に次ぐ将軍家公式の儀式の広間、黒書院でござる。ここの溜《たまり》の間には、高松《たかまつ》松平家、会津《あいづ》松平家、井伊《いい》家の三家が詰めてございます」

柳生飛騨守が歩みを緩め、間を縮めた政宗に小声で告げつつ目の前を目配せで教えた。

その少し前を行く柳生新陰流皆伝の本多越中守が、廊下を右へ折れようとして不意に立ち止まり、右手を左腰の殿中小刀《でんちゅうこがたな》に触れた。

それに気付いた飛騨守が、「むんっ」と無言の気合を放つ。

それを受けて本多越中守の右手が殿中小刀からハッとしたように離れ、振り向いて政宗と視線を合わせ軽く頭を下げた。

殿中で抜刀すれば、何者であろうと大変な処分を受けることとなる。

当然、越中守はそれを判っていようから、余程の何かを廊下を曲がりかけた所で察知したのであろう。殿中であると言うのにである。

と、何を思ったのか柳生飛騨守が「飛騨守宗冬、御召しにより、これより参りまする」と大声を発した。それで不穏な気配が一気に消えたのかどうか、本多越中守の後ろ姿が廊下を曲がった。

その長い廊下の突き当たりまで来て、飛騨守と越中守は足を止めた。

飛騨守が少し先を指差し、矢張り小声で言った。

「あの御部屋が、御座《ござ》の間《ま》、と申しまする。学識深きことこの上なし、と兵衛宗重より聞かされております政宗様のことゆえ、御座の間が如何なる性質を帯びているかは恐らく御存知でございましょう」

「はい、承知いたしております」

「我我の案内は此処まででございます。どうぞ、御座の間に入り下されて、上様をお待ち下さい」

「判りました」

政宗は二人に謝意を込めて一礼し、御座の間へ近付いて行った。

御座の間──それは大奥にほど近い、将軍の執務室としては最も格の高い部屋であった。尾張《おわり》・紀州《きしゅう》・水戸《みと》御三家の江戸入りや帰国の挨拶の謁見、三千石以上の旗本や遠国奉行への「御用召」つまり任用辞令の手交《しゅこう》、などはこの御座の間で行なわれる。

座敷の構造は、将軍が座る上段の間(御座の間)、次いで下段の間(中段の間は無し)、二の間、三の間、大溜《おおだまり》、御納戸構《おなんどがまえ》の六部屋から成っている。

政宗は静かに障子を開けて誰一人おらぬ御座の間へ入った。そこは下段の間で、政宗は障子を背とする末席位置に正座をした。これは作法に合致していた。

この御座の間、当たり前の広間でないことは前に述べた。本来ならば謁見の者──政宗──があると判れば月番老中はもとより、御小姓頭、小納戸頭、御用取次之者たちが、下段の間と、二の間の境あたりにうやうやしく座して控え、上様の、上段の間への着座を待たねばならない。この場合、政宗の位置は月番老中その他の顔を、右手に見ることとなる。

その月番老中その他の姿が、今の、御座の間には無かった。これだけでも、尋常ならざる事態であった。

（家綱様は現在《いま》、やはり宙に浮《う》いて御出《おいで》か……）

と、政宗の表情は暗かった。

「御用部屋」に詰める定員が四名（時に五名）の老中は、大老の存在無きとき幕閣の実質的首班（閣老あるいは宿老）である。その執政としての任務の範囲は限りなく広く、京都御所にかかる諸事、公家や門跡にかかる諸事、諸大名の統制、寺社監理、土木建築、士農工商全般など、それこそ大政を総理する大権力者であった。

この大権力者の地位へは誰でもが登れる訳ではなく、原則としてであるが祖先より徳川に忠勤する十万石前後の譜代大名に限られていた。

左手の方向に人の気配を感じて、正三位大納言左近衛大将松平政宗は平伏した。

それも絵のように綺麗《きれい》に決まった平伏だった。

障子の開《あ》く音がして、庭の明りで畳に両手をつく政宗のあたりが、少し明るくなった。

そのまま、障子の閉まる音がせず、政宗は何者かが遠慮の様子なくズカズカと近付いてくるのを感じた。

政宗は、ゆっくりと上体を起こした。これは明らかに作法に反していたが、彼の動きは落ち着いていた。

相手と政宗――二人の目が出会った。

「上様……」

「大納言殿……」

「変わらぬ御壮健振りなによりと、この政宗心からお喜び申し上げます」

と、言いつつ軽く頭を下げる政宗であった。

「大納言殿の凜《りん》たる気高き風貌《ふうぼう》、変わりませぬなあ。ようこそ、本当にようこそこの家綱を御訪ね下された」

「早いものでもう一年になりましょうか」

「うむうむ……」と、にこやかに頷《うなず》きつつ征夷大将軍徳川家綱は、政宗の前に腰を下ろし、なんと胡座《あぐら》を組んだ。葵《あおい》の御紋を染め抜いた黒い縮緬《ちりめん》の着流しに、帯は御納戸色という気楽な形《なり》であった。

「本当に早いもので、もう一年が過ぎまするなあ。二条の御城で大納言殿に救われし我が命、あれ以来、ことのほか大切に致しておりまするぞ」

一年前の事。二条の仙洞御所に後水尾《ごみずのお》法皇（松平政宗の父）と東福門院和子《とうふくもんいんまさこ》（後水尾法皇の正室、二代将軍徳川秀忠の娘）を訪ねる目的で密かに上洛した家綱が、幕府の西の拠点二条城で、謎の刺客多数に襲われた。それを救ったのが、政宗の剣である。凄まじい激戦であった。

「お大切なお体ならば家綱様、大事にして下さらねば困りまする」

「はい。して此度《こたび》はまた、何ゆえの江戸入りですかな大納言殿」

「それにつきましては、お話しできる機会が御座いましょう」

「左様ですか。よく判りもうした。無理には、お訊《き》き致しますまい。いや、この家綱、今日という日は嬉しくてなりませぬよ。暫《しばら》くはこの城を宿がわりとなされて力なき将軍の話し相手、相談相手になって下さるのでしょうな」

「上様、力なき将軍、などという言葉はこの城中で軽軽しく口から出してはなりませぬ」

「が、しかし、このところ〝力なき〟を痛感致しており申するよ大納言殿」

「何ゆえに?……」

と、淡淡とした表情で家綱を見る政宗であった。

「大手門を一歩入り、この御座《ござ》の間《ま》に至る迄の間で、大納言殿は何ぞ感じる事はありませなんだか」

「特にこれと言っては……遠侍玄関までは書院番士《ばんし》柳生兵衛宗重殿が、そこから先の案内は御徒《おかち》の衆より、書院番頭《ばんがしら》本多越中守殿を従えし柳生飛騨守宗冬様へと引き継がれましたゆえ、まこと何事もなく」

政宗は、本多越中守が殿中小刀《でんちゅうこがたな》に思わず手を触れたことについては、明《あ》かさなかった。

「この御座の間は、大老・老中・若年寄たちが詰める御用《ごよう》部屋に近く、何かと堅《かた》苦《くる》しい。本丸庭園でも歩きませぬか」

「徳川の大政を司《つかさど》る御用部屋の存在を堅苦しいとは、聞き捨てなりませぬな上様。宿老たちと将軍家との間に、なんぞ不具合でも生じたのでございまするか」

と、政宗の口調はあくまで然《さ》り気無《げな》い。

征夷大将軍徳川家綱の表情が厳しくなって、眉間《みけん》に皺《しわ》が刻まれた。

それを見て、政宗は頷いた。

「判りました。お庭の散策、お供仕《つかまつ》ります」

家綱も頷き返し、二人は静かに立ち上がった。

「こちらへ……」

と家綱は、自分がこの広間へ入って来た側——萩《はぎ》の廊下側——へ政宗を促した。

政宗は黙って従いつつ、家綱の心做《な》しか元気の失《う》せた後ろ姿に、(少しお痩《や》せになられたか……)と思った。白木綿《しろもめん》の足袋で隠された足元も、確かに元気が無い。

(天下を背負って立つとは、まこと難しいものよなあ)

政宗はそう思いつつ、家綱の恐らく尋常を超えているであろう日常の苦労を想像した。

萩の廊下の突き当たりでは、何やら工事が行なわれているようであったが、外部から見られぬようにか、垂れ幕で隠されている。

「これは?」と訊《たず》ねた政宗に、

「私の休息部屋でありましてな……今は気休め出来る部屋一つ無いもので」

と家綱は前を向いたまま答えた。

「仕事を離れて気休め出来る部屋を、お持ちではありませぬのか」

「これほど大きな御殿であるのに、どの座敷も皆、侍たちが詰めておりまするよ。明るい内から大奥に入りびたって寝転んでいる訳にも参らぬし、将軍とは疲れるものよ大納言殿」

ちょっと足を止めて振り向き、淋《さび》しそうに笑う家綱であった。

垂れ幕の向こうから、釘《くぎ》を打っているのか金槌《かなづち》の音、鉋《かんな》で木を削《けず》る音、鋸《のこぎり》で木を切る音、などが聞こえてくるが、殿中《でんちゅう》へ響くことに気を遣っているのか控え目な感じで、やかましいという程でもない。

と、家綱が声を低くして言った。

「大納言殿、ひとつ私の休息部屋に名を付けて下さらぬかのう」

「それは御大老あるいは御老中がお決めになるのではありませぬのか」

「なあに、私の休息部屋じゃ。名前を付すことは私の勝手じゃ」

「上様……」

「のう大納言殿。将軍といえども、大老や老中が一度決めたことは、覆《くつがえ》すことは出来ぬ。畏《かしこ》まって、〝それでよい〟、と頷くほかないのじゃ。まるで飾りじゃよ、今の将軍などというのは」

「上様ほど明晰《めいせき》な御方が、ご自分の意見を御大老や御老中に向かって、発しなさいませぬのか」

「致しまするよ。じゃが彼らの右の耳から左の耳へと素通《すどお》りじゃ」

「御休息部屋は、どのような間取りで？」

「二部屋続きの構えになっておりましてな。この萩の廊下から入る手前の座敷を広く、その奥の部屋を小さく」

「では手前の広い部屋を、**御休 息之間**《ごきゅうそくのま》、となされ。この名を付しておけば上様以外は誰も立ち入る事は出来ませせぬ」

「おお、なるほど。率直で判り易《やす》い響きがある」

「奥の小さい座敷は、何にお使いになるのです？」

「それこそ、ごろ寝じゃな、ごろ寝」

家綱はようやく、表情を緩め小声を立てて笑った。

「では**御小座敷**《こざしき》で宜しいではありませぬか。**御休息之間**、に付属せし**小座敷**でありまするから、それこそ何者であろうと立ち入れませぬ」

「大納言殿は別格でございます。今この場で聢《しか》と申しておきますゆえ、御休息之間、御小座敷でもし私の身に何事かあらば、遠慮のう立ち入って下され」

「何を不穏な事を申されますのか。御冗談も休み休みになされませ」

「大納言殿に大事なことを早《はよ》う打ち明けねばなりませぬ。聞いて下されますな。ここは壁に耳あり障子に目あり。さ、庭へ出ましょうぞ」

はじめから、そのつもりで用意されていたのであろう。萩の廊下が尽きる辺りに、庭へ下りるための雪駄が二人分、すでに調《ととの》えられていた。

二人は庭に出て、共に暫く無言で歩いた。

「それにしても何とまあ、広いことよ」

かなりの大きさの池にかかった朱塗り橋を渡ったところで、政宗は足を止め、ようやくのこと口を開いた。

家綱が頷いて、やはり立ち止まる。

「江戸の六割を失って死者十万を出した**明暦《めいれき》の大火《たいか》**（明暦三年、一六五七年一月十八日。俗に振袖火事）で本丸、二の丸他《ほか》を焼失し、その後の再建で建物の規模も庭の造りも大きくなってしまいました。このように目をむくほど巨大な城など、合戦の無くなった現在《いま》、必要ありませぬよ」

「上様も私もあの当時は確か、十五、六でありましたな」

「左様。広く天を覆って荒れ狂う紅蓮《ぐれん》の炎の怖さを、今もはっきりと覚えております」

「それに致しましても、この本丸庭園の広さには用心せねばなりませぬ」

「用心を？」

「如何に城中といえども、供を従えぬ一人での散策はお止《よ》しなされませ」

「万が一、襲われるような事あらば、悲鳴も届かぬ広さだと言われるのか大納言殿」

「御意《ぎょい》にございます」

「しかし、一人静かに考え事をしたい時もある」

「ならば、たとえば柳生兵衛宗重殿のような信頼できる武官を、供になされませ。宗重殿なら、一人でいたい、と思われる上様の御気持を、きちんと察することが出来ましょう」

「うむ……宗重なら安心よの。あれは今は亡き大老酒井讃岐守忠勝の血を濃く受け継いでおるからなあ。讃岐守はわが父家光の〝右手〟とまで言われた御人じゃ」

「はい。それに酒井讃岐守忠勝様の母君は確か、東照神君家康公の御妹君であった筈」

「さすが大納言殿。何事もよく知っておられる。それにしても同じ大老、同じ酒井でも、えらい違いじゃ」

「ん?」

「いや、実はな大納言殿……」

と、家綱は警戒するかのように辺りを見まわした。

政宗は、征夷大将軍のその目に、フッと恐れの色が漂ったのを見逃さなかった。

「もう少し庭の奥へ行きませぬかな大納言殿。その方がより静かじゃ」

「参りましょう」

征夷大将軍と正三位大納言は、肩を並べるようにして、庭の奥へと足を進めた。

城の西側方向、蓮池堀に近付くにしたがって、植え込みは高さを増し鬱蒼《うっそう》たる自然林の趣《おもむき》を濃くしていく。

この界隈《かいわい》の庭園林《ていえんりん》は、明暦の大火で唯一、火をかぶっておらず、その広さはそっくり往時のままだった。違っていることと言えば、一本一本の樹木が著しく生長を早めて日差しを遮《さえぎ》り、薄暗さを強めていることだろうか。

「この辺りで宜しかろう。少し尻が冷えるかも知れませぬがな」

床几《しょうぎ》があった。但《ただ》し、石を刻《ほ》って造られた石床几であった。

政宗が「なかなか、よく出来ていますな」と言いつつ、家綱よりも僅かに先に腰をおろした。

「なるほど冷《つめ》たい」と、政宗が思わず苦笑を漏らす。

「いや、全く申し訳ない」と家綱も一度下ろした腰を上げて尻をひと撫でし、破顔してから、また座り直した。

「御座の間を余り長く無人に致しておくのは、よくありますまい。さ、お話し下され上様。聞き終えたら、座敷に戻りませぬと」

「さよう、さよう。実は大納言殿、この将軍家綱はいよいよその立場が厳しいものに……」

そこまで言って家綱は口を閉ざし宙を見据え、そして疲れ切ったような溜息《ためいき》を吐《つ》いた。

「お力になり申す、上様」と、政宗は口調に優しさを込めた。

「有り難や……」と、家綱は呻《うめ》くように漏らし、暫く木の枝が幾重《いくえ》にも重なっている宙を仰いでいたが、やがて話し始めた。

「問題は酒井雅楽頭《うたのかみ》忠清を大老に昇進させた寛文《かんぶん》六年（一六六六年）三月二十六日から始まった、と見るべきであろうな。私は当時二十五歳。表向きは老中、若年寄を中核とした幕府の合議《ごうぎ》体制なるものを信じて全てを任せていたのだが、一方で自分の監察能力には密かに自信を抱いておった」

「その自信が、酒井忠清殿を大老に推《お》すという結果を招いた？」

「左様。ところがその直後に、この人事を不服とする者が現われた。決して徳川のためにはならぬ人事だと」

「ほう……」

「その者の名は、寛永《かんえい》十二年（一六三五年）十月二十九日より三十一年間の長きに亘《わた》って老中の座にあった阿部豊後守忠秋《あべぶんごのかみただあき》」

「阿部豊後守様と申せば、家綱様の後見人として、京《みやこ》にまでその高潔にして篤実なる御人柄が知られた徳川忠臣の人物。それこそ、忠臣二君に仕えず、を貫《つらぬ》かれた廉直《れんちょく》なる御人」

「まさにその通りじゃ大納言殿。将軍側近として失ってはならぬその忠臣を私は、私の決定に異を唱《とな》えたる者として、大老人事を発令したる三日後の三月二十九日に、豊後守の老中職を召し上げてしもうた」

「あれは確か**解任**……でありましたな。私の記憶では」

「うむ。それからじゃよ。大老酒井忠清の、いや老中にある者全てを含めての、この将軍家綱に対する風が、何となくヒヤリとなり始めたのは」

やや自嘲《じちょう》的となった家綱の口調だった。

「有力老中であられた阿部豊後守様が職を解《と》かれてから、重石《おもし》が無くなった大老酒井様の権力強大化の凄まじさにつきましては、京《みやこ》の公家衆の耳へはよく届いており申した」

「余りの事に実は、岡山藩主池田光政《いけだみつまさ》が酒井に書状を送って戒《いまし》めたのだが、馬耳東風《ばじとうふう》であった」

「そのような事がありましたか」

「老中を退いた阿部豊後守も、折に触れて酒井の絢爛《けんらん》たる政治姿勢に苦言を呈したのだが、これも効なく反発が強まるばかりでありましてな」

「権力が強大になると、その権力に揉《も》み手《で》する賄賂《わいろ》が集中致しませぬか」

「まさしく賄賂政治が頭を持ち上げておる。だが今の私では、もう大老酒井や、老中たちを抑え込む事は出来ぬわ。いままでは私のはっきりとした有力理解者は若年寄堀田備中守、将軍家兵法師範柳生飛騨守ら、ごく少数じゃよ大納言殿」

政宗は、将軍家綱が「予《よ》の……」「予が……」といった言い方を避け、「私の……」「私が……」と遜《へりくだ》っていることを深刻に捉《とら》えた。将軍は明らかに大老酒井に怯《おび》えている……と。

「それに致しましても、酒井雅楽頭忠清様の家系は、疑うことなき徳川忠臣の譜代の名門。さらに付け加えて申せば、大老酒井忠清様は大変に教養学識高い有能なる人物の筈。それが何ゆえ、絢爛たる政治姿勢を暴走させているのでありましょうや」

「矢張り権力じゃ。権力が大老酒井を狂わせてしもうた。権力で自分自身が見えぬようになっておる。徳川はあれを大事に扱い過ぎたわ。二十七歳で雅楽頭左近衛少将。二十九歳で上席老中（首席老中）。そして四十二歳で大老じゃ。上屋敷も登城の便利さを考えて一等地、大手門下馬札前に巨邸を与えてしもうた。人柄を見ず出世させ過ぎたわ」

「それゆえか〝下馬将軍〟との囁きが京《みやこ》にまで聞こえ、御所に於かれては、特に東福門《とうふくもん》院《いん》和子《まさこ》様が、家綱様は大丈夫であろうかと大層心を痛めていらっしゃいます」

「誠に申し訳ない気持で一杯じゃ。私の不徳の致すところです」

「で、大老酒井様は家綱様に対し、如何なる態度をお示しになると申されるのです？　具体的にお聞かせ下され」

「これからの**征夷大将軍の座**に、徳川の血筋を入れまいとする策を巡らせておる」

「つまり**天下の座**から、徳川の系譜を絶たんとする？」

「左様……」

「それはまた……で、大老酒井様は、どのような血筋を入れようと？」

と、政宗はその件にはじめて触れる態度を装った。

「有栖川宮家と頻繁に接触している、と専《もっぱ》らの噂です」

「なんと。公家の血筋を征夷大将軍の座に据えようとなさっておられるとは、如何に大老・老中合議《ごうぎ》の策とは申せ、道理が通りませぬな。そもそも征夷大将軍とは**武士の頭領**を意味するものであり、**武門の象徴的立場**にございまするぞ」

「京《みやこ》の御所の血を濃く受け継いでおられる大納言殿にそう言って戴けると、少し気が休まります」

家綱がそう言ったとき、政宗が石床几から立ち上がり、左手の方角へ涼しい視線を向けた。

「どうなされた大納言殿」

「天下の征夷大将軍の身が、この城中でも安全でないとは由由《ゆゆ》しき事態」

「え……」

「腹黒き鼠《ねずみ》が、御覧なされ向こうから二匹……三匹……いや五匹」

聞いて家綱は「ぬぬっ……」と眦《まなじり》を吊り上げて腰を上げ、政宗の視線の先を見た。

政宗も丸腰、家綱も丸腰。

二人は、鬱蒼たる木立の向こうから次第に近付いてくる蠢《うごめ》きを捉えていた。

「おのれ。城中でこの家綱を亡き者とする気か」

「京《みやこ》の二条の城中でも、危ういところでございましたな」

「大納言殿すまぬ。手渡したき武器がこの辺りには何一つない」

「大声をあげて助けを呼びまするか」

「そのような見苦しい様《さま》は、将軍として見せとうない。それに此処からでは、殿中に聞こえませぬよ」

「ならば覚悟を決めて、石床几に座っていて下され上様」

「こ、心得た」

家綱は再び石床几に腰を下ろして両膝の上で拳をつくり、気丈な面構えではっ、たと、目の前直ぐの所に迫ってきた腹黒鼠を睨《にら》みつけた。

政宗が言ったように、その数五名。しかも二つの目だけを見せて全身黒ずくめであった。

「またしても黒忍びか。この城中へ斯様《かよう》に簡単に侵入できる事が、どうもよく判らぬわ。おのれらは柳生分家を襲いし黒忍びとは、別の一党かえ。覆面の形が少《すこ》し違うておるのう」

ゆったりと物言う政宗を軸として、黒忍びが足音を全く立てずに扇形に散った。まだ抜刀していない。

「大納言殿。柳生分家が黒忍びに襲われたというのは真実《まこと》か」

目を大きく見開いて訊ねる家綱に、政宗は「はい」とだけ答え、三歩ばかり前へ踏み出した。

扇状の黒忍びが、ふわりと退がる。まだ刀の柄《つか》に手を触《ふ》れない。

(柳生分家を襲いしは根来心眼一刀流、伊賀古流刀法。いずれも奇異なる足構えの刀法であった……こ奴らの足構えは、それらと似ているようで違っておるなあ)

政宗はそう思いつつ、また二歩を、するりと踏み出した。

黒忍びは今度は退がらず、両者の間が縮まった。

家綱は掌《てのひら》に噴き出す汗を感じた。早くも喉《のど》はカラカラに渇いていた。一年前、京の二条の城に踏み込んで来た多数の刺客に暗殺されかけた彼は、政宗の凄まじくも華麗な立ち回りを目の前で見ている。蝶のように舞い、蜂のように刺し貫《つらぬ》くその立ち回りを。

しかし今の政宗には、差し料（刀のこと）が無い。それが、家綱に耐え難《がた》い不安を与えた。

政宗は、力《りき》みなくやわらかに立っていた。両の腕はごく自然に下げ、それぞれの指を軽く開いている。

対する黒忍びは、ジリジリと腰の位置を下げつつあった。

（こ奴らは堀越えに城外から忍び入ってきたのか、それとも、誰かの手先としてはじめより城中に潜《ひそ》んでいたのか）

そう考えてみる政宗であった。もし、はじめから城中に存在する『反家綱分子』であったとすれば、事態は一層のこと深刻である。

「お命頂戴《ちょうだい》、正三位大納言殿……」

扇状の中央にいた黒忍びが、覆面から覗《のぞ》かせている二つの目を険《けわ》しくさせ、淀《よど》んだ声を出した。

それを聞いて将軍家綱の表情が「え?……」と小さく動いた。

「ほう、狙いは私であったのか」

返す政宗の口調は穏やかだった。

「左様。冥土《めいど》へは大納言殿お一人で行って下され」

「承知。但し、見事行かせられるかのう」

「お行かせ致す」

その言葉が終った途端、五名は鞘を低く鳴らして抜刀した。

家綱は、思わず立ち上がった。とても座ってはおれなかった。

「上様お座りなされ。狙いは、どうやら私《わたくし》ひとり」

背に目があるかのように、政宗は言った。

「しかし……大納言殿」

「立っていると危《あぶ》のうございます。言うようにして下され」

「わ、判りました」

家綱は政宗の言うことに従った。殿舎の方へ思い切り駈け、助けを呼びたい気持が大きく膨《ふく》らんではいた。だが、この場を去るということは、丸腰の政宗を置き去りにすることに等しい。

それだけは、したくない家綱であった。それに殿舎まで無事に走らせてくれそうな相手ではなさそうだ。

政宗は右脚を少し引いて僅かに腰を下げ、左手を顔の前に、拝《おが》むようなかたちで立てた。右手は帯に触れている。

妙な構えであった。

黒忍びたちは、一様に正眼の構え。だが忍びの正眼の構えは、次の激変への準備に過ぎない。そして、そのまま彼らは微動もしなくなった。

いや、異様な固さに包《つつ》まれていた。政宗の素手構えに圧倒されているかのように。

刻《とき》が音なく刻まれてゆく。政宗も動かない。だが、ひと風吹けば、ゆらりと揺れそうな、やわらかな身構えだった。

「どうした。早く冥土へ導いてくれぬか」

どれほどか経って誘いをかけたのは、政宗の方であった。

とたん、右端の忍びが無言のまま宙に躍《おど》り上がった。

続いて、左端の忍びが地表低く沈んで、政宗に向かった。

それを待っていたかのように、扇状の中央にいた忍び目掛《めが》けて、政宗が地を蹴った。

政宗が舞い上がる。着流しの裾を蝶の羽のように広げて。

先に宙に躍った忍びの刀が、政宗の肩を越えその背に振り下ろされた。地表低く一直線に突入した忍びの刀が同時に、下から政宗の右脚を薙《な》ぎ払う。

ガチンと音がして、鬱蒼たる薄暗い林の中に、青い火花が散る。

宙に躍った忍びと、地表低く突入した忍びの刀が空《くう》を切って、政宗の後ろ腰の辺りで激突した。

鈍い音を発して忍び刀が双方共、真っ二つに折れ飛んだ。

この時にはもう、扇状の中央に位置していた忍びは、その奴の右手側にいた仲間と共に右斜め後方へ軽軽と跳躍していた。

誰もいなくなった位置に政宗が立って、くるりと体の向きを変える。

その彼に、鈍い光の尾を引く何かが二本……三本……四本と襲いかかった。

政宗の上体が足を移動させることなく右へ左へ下へと、風に吹かれる野草の如く揺れ、躱《かわ》されたそれが赤松の巨木に当たって乾いた音を発した。

家綱は息をのんだ。赤松に食い込んだそれが、目のいい家綱には八方手裏剣であるとはっきり見えた。

家綱は激しく身震いした。訪れる政宗の血まみれ姿が、容易に想像できた。

と、政宗が素早い後ずさりを見せた。

京の奥鞍馬で、熊、猪、鹿など野生の獣を相手に、幼い頃から険しい山河渓谷を走り五感を研《と》ぎ上げてきた政宗であった。

その動きの〝異様な軽さ速さ〟を、将軍家綱ははじめて目にした。

政宗が赤松の巨木に食い込んだ八方手裏剣二本を、ひきちぎるように抜き取る。

それが政宗に初めて与えられた、反撃のための武器であった。

刀を真っ二つに折ってしまった忍び二人の両手にも、八方手裏剣がある。双方の動きは、瞬時も止まらない。

相手が投げた。政宗も投げた。

政宗のそれが何《なん》と、相手の八方手裏剣を叩き落とした。

鋼《はがね》と鋼のぶつかり合う甲高《かんだか》い音。飛び散る青い火花。

この瞬間、政宗の体はその火花の下を、上体を前方へ低く倒し猛烈な速さで駈け抜けようとしていた。

迫られた忍びが無言のまま、左手に残った八方手裏剣を放つ。

それよりも僅かに速く、政宗の全身が真正面から相手の体の中へ入った。

将軍家綱の目には、確かにそう見えた。

政宗に体を奪われたかに見えた忍びの首が、胴から離れ高高と宙に浮かぶ。

信じられないその光景に、将軍家綱は愕然《がくぜん》となった。

政宗の動きは、まだ止まらない。八方手裏剣を両手にする残った一人が、目にも留まらぬ速さで二剣を同時に放った。シュッという空気を裂く音。

その手裏剣を自らの肉体で受けるかの如く、政宗が相手に迫った。一気に。

八方手裏剣の一つが、政宗の右頬をビシッと音立てて裂き将軍家綱の方へ飛《ひ》翔《しょう》。同時に忍びの首二つ目が、宙を回転し赤松の枝にぶち当たって、叩き落とされたかの如く地面に落下した。

その後であった。最初の首が、地に落ちてドスンと音立てたのは。

家綱のそばの赤松が、手裏剣を受けて大きく鳴る。

政宗の両手には――いつ手にしたのか、真っ二つに折れて捨てられた、二本の忍び刀があった。首から上を失った忍び二人の体は、まだ立っている。血も噴き出さない。

政宗の右頬から、ようやく鮮血が噴き出した。

将軍家綱の目には、双方の動きが、ほとんど見分けられなかった。一瞬対一瞬の衝突だった。

残った忍びは三名。

政宗の三方から迫って、右片手正眼であった。左手には八方手裏剣がある。激しい戦闘行動で用いるために、武士の大刀よりは幾分短い〝忍び刀〟ではあったが、決して軽いものではない。片手で用いるには、厳しい鍛錬が欠かせない。

政宗を三方から囲んで、双方の動きは再び止まった。

首を失った忍びの体二つが、この時になって膝を折り静かに地に沈んだ。

頭上で、野鳥が鳴き出した。

三方を囲まれて政宗は、中ほどから先を失った忍び刀二本を左右の手にして立った。瞬時に忍び二人を倒したというのに、息一つ乱していない。身構えもしていない。むしろ、遠くを悲しげに虚《うつ》ろに見つめているかのような表情であった。

（二条の城で私を守ってくれた時もそうであった。大納言政宗殿の人を斬ったあとの姿は、恐ろしいばかりに美しい……これは一体、どこからくるのか）

将軍はそう思いながら、立ち尽くす政宗を眺めた。

野鳥の鳴き声が、一層さわがしくなり始める。

「お願いがござる」

かなり長い沈黙のあと、忍びの一人が重い声を出した。

政宗は答えない。対決中の〝会話〟に、油断を招く危険があることは、多少剣の修行を積んだ者であれば、たいていは心得ている。

「どうか江戸から去って下され大納言殿」

「…………」

「今日にでも去る、とお約束下されば、我我は刀を引き申す」

「…………」

「駄目でございまするか。出来れば大納言殿に刃を向けたくない、というのが我我の本心でござる」

「私は、自分の動きは自分で決める」

ようやくのこと、政宗は口を開いた。

「なれど大納言殿……」

「それよりも、おのれらは一体何者じゃ。まさか城下の小大名旗本家を襲っているのは、おのれらではあるまいのう。神妙に素姓を明かすがよい」

「それは出来申さぬ」

と、忍びが首を横に振ったとき、アカゲラが「ケッ」と鋭く鳴いて忍びの眼前を滑り翔《と》んだ。

それが合図であったのか、どうか。

無言の閃光《せんこう》が三方から政宗に挑みかかった。

いや、それは〝挑みかかる〟といった生温《なまぬる》いものではなかった。相手は忍びだ。まるで稲妻であった。将軍家綱は、そう錯覚した。

政宗は――といえば三方から襲いかかって来た閃光の中央に向かって、舞い上がっていた。高高と蝶のように美しく。そして音もなく。

家綱には、そう感じられた。反撃する、といった凄まじい舞い上がりではなかった。

的を失った閃光が空《くう》を切って、将軍家綱へ一気に肉迫。

だが、政宗が両手にする刃の半ばを失った二刀が、忍び二人の背に斬り込まれ、二人はもんどり打って横転。

この時にはもう、政宗の右手には横転者から奪った新たな忍び刀が握られていた。

飛翔力も速さも、忍びに比して段違いの政宗。

四人を倒され、残る一人が家綱の直前で振り向いた。家綱に斬りつける積りはない、と判るそ奴の動きだった。しかし、息を乱している。

「なんたる動き……なんたる速さ……しかも一滴の血も身に浴びぬとは」

忍びが呟いた。驚愕の目つきであった。

その呟きが政宗の耳に届いたのか、彼は微《かす》かに口元に笑みを見せた。

「奥鞍馬の鹿よりも激しく山野を駈け、猿よりも敏捷《びんしょう》に梢《こずえ》を渡り、鼯鼠《むささび》よりも速く空を翔《と》ぶべきじゃ。そうでない限り、鍛えぬかれた忍びといえども、この政宗は倒せぬ」

「むむ……」

「殺生は好まぬ……刀、手裏剣を手放し、素姓を明かすがよい」

「…………」

「もう一度言う。そなたは私には勝てぬ。一体どこの忍びじゃ。伊賀でもなし、甲賀でもなし」

「無念なり……」

そう呻《うめ》くなり最後の忍びは、手にする刀を首に当て、くわっと目を見開き力任せに引いた。

政宗は空を仰いだ。そして、小さな息を一つ吐いた。

厳しい文武の師であった老僧、夢双《むそう》禅師の顔が脳裏に浮かんで、幼い頃から駈け回った奥鞍馬の険しい山谷が思い出された。政宗にとっての文武の原点、それこそが夢双禅師のいる奥鞍馬であった。そこには政宗を護《まも》り、鍛え上げてきた稀《き》代《たい》の荒法師、二百余名がいる。

第四章

一

月番の若年寄土井能登守利房《どいのとのかみとしふさ》三十九歳は、「能登守様……」と小声をかけられ、文机《ふづくえ》にのった文書から視線を外した。燭台《しょくだい》の炎《ひ》が僅《わず》かに揺れる。

執務部屋（御用部屋）の襖障子《ふすましょうじ》を細目にあけて、御用部屋坊主（若年寄支配の御同朋衆の監督下）が顔を覗《のぞ》かせ、土井能登守と目が合うと意味あり気に、小さく丁重《ていちょう》な頷《うなず》きを見せた。

土井能登守は文書を閉じて腰を上げ、襖障子に近付いて「お……」という顔つきになった。

正座している御用部屋坊主の少し右側後ろに、〝菊の間〟に詰めて執務に忙しい筈《はず》の書院番頭《ばんがしら》本多越中守信行が立っていて、土井能登守と目が合うと矢張り意味あり気に頷いて見せた。

「ご苦労。下がってよいぞ」

土井能登守は、御用部屋坊主に穏やかに声を掛けた。坊主が素早い動きで充分に下がるのを見届けてから、能登守はそっと廊下に出た。この御用部屋坊主、むろん御目見得《おめみえ》以下で二十俵二人扶持《ぶち》、御役料二十両の軽輩《けいはい》であったが、特に老中、若年寄など権力者の身近くで勤める坊主たちは、誰彼からの付け届けが多く、生活はかなり楽だった。この悪習慣を広げてしまったのは、幕府中枢への接触なり事運《ことはこ》びなりを、上手《うま》く滑らせようとする諸大名、特に中小諸大名たちである。

確かに坊主たちの動き方次第で幕府中枢への、接触手配りや、事運びが早くなったり遅くなったりはしたのであった。

「如何《いかが》致した越中守」

土井能登守は辺りに気を配る目配せを見せ、声をひそめた。

「御座の間、へお急ぎ下さい」

と、本多越中守も声を落とす。

「上様がお呼びか？」

「ともかく、お急ぎ下さいませ」

「うむ、判った。で、そなたは？」

「私も参りまする」

二人は足音を立てないようにして、滑るように廊下を急いだ。

若年寄は、配下もしくは監理下にある「官位（信濃守・出羽守など）を付与されている者」に対しては、「越中守……」「信濃守……」といった風に官職名を呼び捨てにする場合が多い。

ただ、同格者つまり同職に在《あ》る者に対しては「能登殿……」という具合に、〝守《かみ》〟を省《はぶ》き〝殿《どの》〟を付して呼ぶのが普通であった。

二人が、御座の間を訪れてみると、四代将軍徳川家綱は上段の間ではなく下段の間に座し、その隣に正三位大納言左近衛大将松平政宗が座していた。

そして、二の間の中央、将軍と大納言を正面に見る位置に柳生飛騨守宗冬の姿があった。

書院番頭本多越中守信行は宗冬の後ろに座り、若年寄土井能登守は幾分宗冬の前に出るかたちで横向きに座ったが、その表情にはとまどいがあった。

将軍が、下段の間に下りて座るなど過去にはない事であった。しかも、その将軍の隣に自分よりは十歳以上は若く見える〝見知らぬ人物〟が、香り立つような気位を静かに放って座っている。それも、着流しでだ。

そうなのである。若年寄土井能登守は、松平政宗を未だ知らぬのであった。初対面なのだ。

「能登……」と、家綱が曇った声を出し眉間《みけん》に皺《しわ》を刻むのを見て、土井能登守は「は……」と畳に両手を付きはしたが平伏しなかった。

家綱の目を見つめた。何かある、という思いが突き上げてきた。

「困った事が起きた……」

「困った事と申されまするると」

「庭に出て散策しておったら、襲われたのじゃ。得体《えたい》知れぬ忍びの者五名にな」

「な、なんと……」

土井能登守は顔色を変え、正座の姿勢のまま思わず将軍の方へ少しばかり躙《にじ》り寄った。

「予が襲われたのではない。予と二人で散策しておった隣に座す正三位大納言左近衛大将松平政宗殿が命を狙《ねら》われたのじゃ。大納言殿は予の欠かせぬ大事な友でな」

「え……」と目を見張って、土井能登守は将軍の隣の人物と目を合わせた。襲われたという〝事件〟に対するよりも、正三位大納言左近衛大将という素姓の方に驚いた風であった。

「恐れながら正三位大納言左近衛大将の地位にあられる御方と申されますると、もしや貴方様《あなたさま》は……」

「あ、いや、能登守様。なにとぞ只《ただ》の素浪人、松平政宗と御承知下され」

「で、ありまするが……」

「お願いでござる。素浪人松平政宗……宜《よろ》しく御見知り置き下さい」

そう言って、やわらかな風格を見せて頭を下げる政宗であった。

「は、はあ……」と困惑の表情で、土井能登守は家綱を見た。

「大納言殿は只《ただ》の素浪人と仰せじゃ。そう心得よ」

「能登守、承《うけたまわ》りましてございます」

彼は、そう応じて平伏すると、再び視線を政宗に向けた。

そこで二人は、やや改まった口調で正式に初対面の挨拶《あいさつ》を交《か》わした。むろん政宗は素浪人のままの身分に、京《みやこ》の奥鞍馬の出自《しゅつじ》を加えただけであった。

それが済むのを待って、家綱が口を開いた。

「能登はのう大納言殿。〝いざ鎌倉〟と称する幕府の軍事の訓練最終日を、昨日無事に終えてくれた若年寄堀田備中守正俊の盟友でありましてな。お互い年も近く信頼し合《お》うており、この家綱も能登、備中を飛騨守（柳生宗冬）と並べて、大切な政治の師範と思うておるのです」

聞いて政宗は、頷いた。視線は土井能登守に注いだままだ。

（この人物なら、なるほど信用してもよい）

と、政宗もそう思うのだった。

「さて能登守殿……」と、柳生飛騨守宗冬が控え目な調子で、口を差し入れた。

宗冬このとき五十七歳。将軍家兵法師範であると同時に、将軍家綱の日光参詣《さんけい》や舞楽など観覧の際には身近に張り付くなど、最強側近たるを常に周囲に示し、家綱からは感謝の表われとして、名刀備前長義や志津の脇差を贈られている。

「大納言様に刃を向けし得体知れぬ不埒《ふらち》な忍びどもは、悉《ことごと》く大納言様の手によって打ち倒され、その骸《むくろ》はすでに柳生一門の手によって、速《すみや》かに且《か》つ密《ひそ》かに片付け申したが……」

若年寄土井能登守は、事件について語る柳生宗冬の顔をまばたき一つせず見続けた。

そして聞き終えると天井を仰ぎ「なんたる……なんたる不埒……許せぬ」と漏らし下唇を強く嚙《か》んだ。憤りで、頰の筋肉を震わせている。

政宗が穏《おだ》やかに言った。

「京から江戸入りしたばかりの私《わたくし》には、凄腕《すごうで》の素姓知れぬ忍びに、しかも江戸城本丸庭園で襲われる心当たりなどはありませぬ。したがって、事件の背景が全く見えてこない。徒《いたず》ら勝手《かって》に、想像を膨らませても益はありますまい。幸い若年寄配下には、書院番、小姓組番、新番、持弓持筒及び鉄砲百人組などの優れた武官多数が揃《そろ》うておりまする筈《はず》。これをもって何卒《なにとぞ》、家綱様をしっかりとお守り下され能登守様」

「はい。それはもとより……」

「柳生飛驒守様の配下には、柳生忍び、あるいは柳生忍群と称されている〝忍び侍〟が多数いると聞いております。これをもって家綱様を守護して戴《いただ》くことは勿論《もちろん》、事件の背景についても是非お調べ下され」

「御意《ぎょい》にござります」

「私《わたくし》を狙う不埒者が、警戒厳しい筈の江戸城中深くにまで忍び込んだる以上は、私が此処《ここ》にとどまる事は災《わざわ》いを招くこととなりましょう。私は直《す》ぐにもここから去りまするが……」

「それは余りに水臭うございますぞ大納言殿」

家綱が政宗の言葉を遮《さえぎ》った。

「いや、そうも参りませぬよ家綱様。ひとつ私の思い通りにさせて下され。その代わり飛騨守様……」

「はい」

「将軍お身近くでもし大事が生ずれば、柳生一門の足速き者を私の所へ走らせて下さいませぬか。この大江戸の何処《どこ》にいても、柳生様の目は私の居場所を見逃すような事はありますまいから、御知らせあらば直ぐにも家綱様の元に駈《か》けつけましょう」

「宗冬、確かに承知いたしました。なれど大納言様、この城中で不埒なる者に狙われましたる以上は、城より外に出まするとー層のこと御身に危険が……」

「危険がこの身に迫り来れば、本丸庭園に侵入せし忍び集団が何者であるか、判るやも知れませぬ。こちらにとっては、かえって好都合かと」

「恐れながら……」と、若年寄土井能登守が政宗に向けて、上体を前へ倒すようにして、切り出した。

「大納言様はこの江戸に滞在中、何処を宿となされまするのか、お聞かせ下さいませぬか」

「いや、特に定めてはおりませぬよ。私は奥鞍馬の原生林で野生の熊、鹿、猿、猪などと共に育ちましたゆえ、何処にでも体を休めることが出来まする。ご心配下さいまするな」

「野生の熊、鹿、猿、猪と?……ま、まさか、そのような」

「能登よ……」と、家綱が口を挟んだ。

「大納言殿の宿は心配せずともよい。何処で体を休められるにしろ、飛騨守の命《めい》を受けた手練《てだれ》が見守るじゃろ」

「まこと、それで宜しゅうございまするので？」

「よい。大納言殿のことについては機会を得て、そのうち詳しく話して聞かせるゆえ、それまでは口を固く閉じて待っているように」

「ははあ、承知いたしましてございます」

「能登守様……」と、政宗が口を開き、土井能登守が「はい」とその視線を将軍から政宗へ移した。

「徳川将軍の座へ、武家ではなく公家の血筋を置かんとする魔力が、幕府中枢部で怪しく蠢《うごめ》きつつあると聞きまする。現将軍ご健在であられる中、そのような動きがあるなど以《もっ》ての外《ほか》。ましてや、征夷大将軍とは武家の頭領を意味するもの。その地位へ公家を据えれば諸大名の間に強い不信と不快の念が生じ、まかり間違えば再び戦国争乱の世に逆戻りしかねませぬぞ」

「仰せの通りかと存じます」

「世が乱れれば苦しむのは、民百姓など力弱き者。それでなくとも江戸、京、大坂より遠く離れたる地方では農作物の不作で飢饉《ききん》の様相を呈している所が少なくありませぬ。私は江戸への旅の途上で、幾か所となくその地を見てきました。政治《まつりごと》は安定していなければなりませぬ。世は穏やかでなくてはなりませぬ」

「はい。この能登の思いも全く大納言様のお考えと、同じでござります。柳生殿(飛騨守)や堀田殿(備中守)としっかり考えを合わせ、公家将軍を実現させせぬよう努めまする」

「そうして下され。言葉を飾らずに言わして戴ければ、家綱様は、私の耳に届く風評とはまるで正反対な、立派な征夷大将軍であられる」

「剣も馬術も弓術も、なかなかの領域にお達しであられます。特に柳生小太刀《こだち》の業《わざ》に関しましては、目録に近いかと」

柳生飛騨守が、にこりともせず野太い声で告げ、政宗は頷いた。

土井能登守が、付け足した。

「それに、絵画、舞楽、書道、政治、などの道に於《お》ける御力量に致しましても、名の知れたる者に引けは取りませぬ。かように、ひとかたならぬ文武の領域に達せられたるは、まさしく武家の頭領にふさわしい自分であらねば、という御自覚の表われ。その上様の悪評を故意に流しつつ公家将軍実現を論じる黒い権力が幕府内にあるなどは、言語道断」

「よくぞ申されました能登守様。この政宗の本心は、面倒な政治には余り関心を持たぬことでありまするが……」

そう言ってチラリと微笑み、政宗は続けた。

「が、家綱様が窮地に、となると、そうも言ってはおれませぬ。能登守様の只今《ただいま》のお言葉で、この政宗、ひと安心致しました。さて、そろそろこの御城から退散させて戴きましょう」

「それがお宜しいかも知れませぬ。城門、殿中警備は若年寄支配下にあるとは申せ、ご大老ご老中方《がた》が政宗様の御来城にお気付きになるのは、間もなくでございましょう」

「そうですな。退城を急ぎましょうか。その前に書院番頭本多越中守信行様……」

「はっ」

政宗に声をかけられ、本多越中守八千石（うち役料一千石）は両手を軽く畳について応じた。

「この御座の間へ、先に立ち案内《あない》して戴く途中で一度、ハッとしたように殿中小刀に手をかけられましたが、あれは？」

「申し訳ございませぬ。突然、間近に迫り来る気配を感じたのでありまするが、いささか緊張しておりましたゆえ、私の錯覚であったやも知れませぬ」

「そうでしたか。だが恐らく錯覚ではありますまい。あの不埒なる忍びの衆五名はそのとき既に、我我の足の下に潜んでいたのやも」

「は、はあ……」

「ともかく、この御座の間とその近辺の床下には、今日《こんにち》よりさり気なく御気配り下され。さり気なくでございますぞ」

「承《うけたまわ》りました」

書院番頭本多越中守は大身《たいしん》旗本らしく、また幕藩官僚制に於《お》ける最強武官集団の頭《かしら》らしく、ピシッと鳴るような平伏を見せた。

総勢五百名を超える書院番は十組に分かれて構成されているが、本多越中守はそのうち最精鋭の評価高い第一組を統括しており、しかも〝越中守〟の官位を与えられているのは書院番頭の中では今のところ彼だけであった。

「それでは……」と政宗は静かに、すらりと立ち上がると将軍家綱の前に回って正座をした。

「政宗これにて、お暇《いとま》致しまするが、くれぐれも身辺御油断ありませぬよう、また征夷大将軍としての威勢怠りなく、黒い権力に恐れることなく目配り下されますよう……」

「と言われても、何だか心細いのう大納言殿」

「心強い若年寄、土井様、堀田様のお二人が常に身近に控えておられます。それに飛騨守様の配下には、文武に優れたる一門及び表には姿を見せぬ柳生忍びの備えがございます」

「それに……なにとぞ書院番もお忘れありませぬよう」

書院番頭本多越中守が遠慮がちに言い、家綱がようやくニコリと頷いた。

「すまぬ。ちと弱気であったな。確かに予のまわりには、優れた手練《てだれ》が多数控えてくれておる。大丈夫じゃ大納言殿」

「はい。大丈夫でございまする。柳生忍びより一大事の知らせあらば、この政宗も駈け参じまするゆえ御安堵《あんど》なされませ」

「判り申した」

家綱が頷き、政宗も頷き返した。

この場にいる誰もが、まだ気付いていなかった。本丸庭園に於ける大納言松平政宗の暗殺未遂事件が、恐るべき出来事の単なる幕開けに過ぎないことに。

二

書院番頭・本多越中守信行八千石に見送られた政宗が、遠侍《とおさぶらい》玄関を出ると、当番の時は殿中《でんちゅう》御書院番所である〝虎《とら》の間〟に詰めている柳生兵衛宗重四百石が「ご苦労様でした」と出迎えた。

「ご表情がすぐれませぬな政宗様」

と、本丸庭園の事件を見抜くかのように言葉を続ける宗重は、さすがであった。

「ともかく此処を出ましょう宗重殿」

政宗は小声で告げ、二人は書院門を出た。

中の門で先手頭山野次郎三郎に預けた刀を受け取り、百人番所の前を通って三の御門の外に出るまで、二人は殆《ほとん》ど無言であった。

それら御門の番士たち、与力同心たちは全て若年寄支配下にある。

天神堀にかかる内追手橋を渡った袂《たもと》の所で、柳生兵衛宗重が「政宗様……」と小声を出し、道を空けるような感じで端へ寄った。

向こうから供侍を従えた堂堂たる体格の武士が次第に近付いてくる。年齢《とし》は四十過ぎか。

「よう、柳生兵衛ではないか。久し振りじゃのう」

「これは大番頭《おおばんがしら》杉野河内守定盛《すぎのかわちのかみさだもり》様。まことお久し振りでございます」

政宗に相手の身分姓名を教える目的で宗重がそう返しつつ頭を下げたので、政宗も丁重に見習った。

「お主《ぬし》、近い内に書院番組頭に昇進するそうではないか」

「は？　いえ私は、そのような話、誰からも伺《うかが》ってはおりませぬが」

「隠すな隠すな。今は亡き御大老酒井讃岐守忠勝様の御血筋濃く、また柳生飛騨守様を背後に置いている、お主のことだ。書院番組頭への昇進は近いと見ておったわ」

「と、申されましても、そのような話、初耳の私には御答えしようがございませぬ」

「ま、めでたい事じゃ。勤めに一層、励まれよ」

「は、はあ……」

「ところで、そこな着流しの御仁《ごじん》は一体誰じゃ。ここは城中《じょうちゅう》ぞ」

「実は、上様より大名旗本に下賜されます着流し衣裳を、これ迄とは少し感じを変えてみたい、との御納戸頭《おなんどがしら》様のお考えを耳に挟みまして、私の幼き頃からの友、日本橋呉服屋長兵衛《ちょうべえ》にこうして衣裳見本を着せ、登城させましたる次第でございます」

「ふん。その恰好《かっこう》で御納戸頭に引き合わせたと言うか」

「はい」

「身丈が整うておるゆえ着映《きば》えは致しておるが、雰囲気はまるで青菜《あおな》じゃな。城中では、もそっと肩に力を入れ背筋を反らし、男らしくせい呉服屋長兵衛」

「恐れ入ります」

と政宗は弱弱しく腰を曲げて応じてから、付け加えた。

「柳生宗重様が差し料まで腰にして武士の風情《ふぜい》で、と無理を仰せになりましたゆえ日本橋の質商で鈍《なまく》らを借りまして、かような姿を致しておりますが、もう腰が痛くてたまりません、はい。一刻も早く、身軽になりとう存じます」

「なんと情《なさけ》なや。金《かね》にしか関心のない商人は凜《りん》たる神気《しんき》に欠けるのう、柳生兵衛よ」

「まこと、この長兵衛は幼き頃より算盤《そろばん》以外の事には興味関心なく、気立ても女《にょ》性《しょう》のように優しく、凜たる神気を求めるのは最早《もはや》手遅れかと」

「左様か。ま、商人ゆえ仕方あるまい。しかし、優れた武官と評判高い柳生兵衛には、衣裳への口出しなど余り似合わぬな。これ限りにしておけい」

「心得ました。お約束いたしまする」

「うむ。素直じゃ。書院番組頭へ昇進の暁《あかつき》には、何ぞ祝いを届けようぞ。楽しみに致しておけ」

「何と申し上げて宜しいのやら……」

「まあよい……」

大番頭杉野河内守定盛は、ジロリと政宗に流し目をくれて離れていった。

政宗と宗重は、大手門を出て表情を緩めると、言葉を交わした。

「やれやれ、だな宗重殿」

「申し訳ありませなんだ。まるで青菜じゃ、などと無礼な事を言いおって杉野河内守……」

「ははは、青菜と言われたのは生まれて初めてじゃよ」

「まこと済みませぬ」

「大番か……確か老中支配下にあるのでしたな」

「はい。十二組ありまして、うち京の二条城在番に二組、大坂城在番に二組がそれぞれ充《あ》てられ、一年ごとの交替勤めとなっております る」

「すると江戸城在番は八組ですか」

「左様です。各組は番頭一人、組頭四人、番士五十人の手練《てだれ》で組織され、番士の下に与力十騎、同心二十人が付属致しており、江戸城西の丸、二の丸の警備に当たっております。あの杉野河内守定盛なる者は、十二名いる大番頭切っての優れ者でありまして、ご大老ご老中方《がた》の大層なお気に入りです」

「しかも、かなりの剣の遣い手と見ましたが……」

「一刀流の皆伝者で、腕は我《わ》が上司である書院番頭・本多越中守信行様と恐らく互角ではないかと」

「まあ、とても宗重殿ほどではない、とは見ましたが」

「いやあ、それはどうですか……」

「老中支配下の大番頭ともなると、禄高もかなりのものではありませぬか」

「本多越中守様より千石高い、九千石を得ております。うち二千石が役料であり ますが」

「八千石を得ておられます書院番頭の越中守様とは、真正面から対立する位置に ある、という見方でお宜しいかな」

「まさにその通りかと」

「ふむう、この御二人、殿中にて激突せぬことを祈らねば」

「政宗様、もしや殿中にて何か……」

「宗重殿……」

「は……」

「ご懸念の通り実は殿中にて、いや、正確には本丸庭園にて、あってはならぬ事 が起こり申した」

「矢張り……遠侍玄関より出て参られた政宗様の御表情から、只ならぬ気配を感 じ取っておりました」

政宗は左手を着流しに入れた気楽な歩き方で、本丸庭園での出来事を言葉静かに打ち明けた。

「な、なんという……」

聞いて、さすがの柳生兵衛宗重も絶句した。

「ま、その直後に月番の若年寄土井能登守様、それに柳生飛騨守様、書院番頭本多越中守様らに〝御座の間〟へ集まって戴き色色と協議致しましたから、本日直ぐ様、城中警備は一段と厳しくなって参りましょう」

「なれど、一体何者が如何《いか》なる理由で、大納言政宗様を暗殺せんとしたのでありましょうか」

「判りませぬなあ。私には思い当たる節《ふし》がない。けれども悪辣《あくらつ》なる者は必ずそのうち正体を自ら白日《はくじつ》の下《もと》に晒《さら》し、厳しい鉄槌《てっつい》を下されることになりましょうよ」

「この宗重も、柳生小父《おじ》や上司の本多越中守様とよく打ち合わせ、事件の調べに力を注ぎまする。少しなりとも何か判れば、政宗様にお知らせ致しましょう。常に私と連絡を取り合えるように、しておいて下され」

「ふふふっ。柳生一門や、飛騨守様配下の柳生忍びが動けば、江戸市中に於ける私の動静など、たちどころに判りましょう」

「はあ、それはそうでありまするが……」

「ですが、私も上手《うま》く身を隠すかも知れませぬぞ宗重殿」

「それは困ります」

「はははっ。冗談です。ところで、宗重殿が書院番組頭へ昇進なさるとかいう話、あれについては御自身まこと、全く耳になされておりませぬのか」

「知りませぬ。誰からも聞かされてはおりませぬ」

「真実、目出たい話ならば用心する事はありませぬが、何か策・罠《わな》が張られているようなら、昇進の話は慎重に避けてお通りなされ」

「たとえば、どのような策・罠が？」

「昇進したのはよいが、気が付くと大老・老中たちに、がっしりと袂《たもと》を摑《つか》まれていた、などという事がありませぬように」

「なるほど、気を付ける事に致しましょう」

「若年寄支配下に在《あ》って好むと好まざるとにかかわらず、大老・老中方《がた》と最も緊密に役務上の接触があるのは何方《どなた》です？」

「それは奥御右筆組頭でありましょう。時代の流れと共に、役務上の接触頻度は明らかに増しつつあり、特にご大老ご老中方の文案内容の当否を精査し、意見を述べ、その意味では政治《まつりごと》の機密に直接触れる立場かと」

「禄高は？」

「私と同じ四百石、他に役料として二百石。また御四季施代として二十四両二分が出る場合と出ない場合がありまする」

「出る場合と出ない場合？」

「なにしろ過去十年に亘《わた》り、幕府財政は入るに比して出るが多く、金蔵が軽くなる一方でありまするゆえ」

「なるほど」

「奥御右筆組頭の立場、私はかなり危ないと見ております」

「確かに……」

「若年寄支配下にあって、余りにも、ご大老ご老中方の懐《ふところ》近くに在り過ぎる」

「だが、余りにも近くに在り過ぎるがゆえに、大老・老中たちには恐らく手出しは出来ますまい。手を出せば直ぐに、大老・老中がらみであると判ってしまうでしょうから」

「いずれに致しましても、江戸城の内と外で続発する深刻な襲撃事件。狙いが金目当ての豪商、町人などではなく、武家に絞られておりますことから、頭の中での整理がなかなかに難しい」

「うむ……」

「念のためとして、寛文五年（一六六五年）十一月に、初代の盗賊改《あらためがた》方首席に就かれている水野小左衛門守正《みずのしょうざえもんもりまさ》様も、若年寄堀田備中守様の命《めい》を受けて密かに動いておられるようですが、暗中《あんちゅう》手さぐり、といった状態が続いているとか」

「その水野小左衛門守正様とおっしゃるのは？」

「若年寄支配下、先手弓頭八人の内の一人でありまして、加役として盗賊改方首席に」

「のう、宗重殿……」

「は」

「私を暗殺せんとした本丸庭園の出来事は兎《と》も角《かく》として、また幕府権力による公家将軍実現活動も兎も角として、他に考えられる反徳川要因はないのであろうかのう」

「うーん」

「私の目の前に出現した忍びの背後が、どうも気になって仕方がないのだ」

「忍びに何か特徴を感じられましたか？」

「いや、伊賀でも甲賀でも根来でもない……という程度のことしか」

「反徳川要因として、諸大名から徳川将軍を見た場合に、一つ気になる事があるのですが」

「諸大名から徳川将軍を見た場合？……それはもしや〝寛文印知〟のことを言っておられますのか？」

「さすが大納言政宗様。まさに、その通りです。御存知のように、諸大名の地位・領地安堵にかかわる徳川将軍家からの領知判物・朱印状・目録などの発給は、三代家光様迄は徳川将軍家と諸大名との関係や交流の深浅を考慮しつつ、慎重且《か》つばらばらに発給されて参りました」

「確かに、三代将軍家光様迄は、諸大名に対する徳川将軍家の自信は、磐石《ばんじゃく》なものではありませせなんだ」

「その自信の無さが逆に、将軍宣下《せんげ》を受けた時の家光様に……」

「予は生まれながらにして将軍である、と諸大名の面前で言わしめたとか」

「はい。ところが〝温厚で大人《おとな》しい将軍〟の噂流れること久しい現将軍四代家綱様は、寛文四年（一六六四年）に諸大名に対し、寛文印知と称する領知判物・朱印状・目録などを一斉に発給なされました。それこそ有無を言わせることなく」

「その翌年の寛文五年、今度は公家、寺社に対しても一斉に発給なされましたな」

「この〝一斉発給〟こそ政宗様、諸大名に対する将軍権力の確立と自信を意味するのでは、と私は見ておるのでありますが、その反面……」

「諸大名の側から見れば、完全に徳川将軍家に組み伏せられた、という事になりましょう。つまりそれまで気持の上で僅かに残されていた将軍家との〝併存〟とか〝共存〟の望みが、寛文印知によって絶ち切られた。否《いや》も応《おう》も無く将軍家の足元に組み伏せられた、という事になりましょうか」

「政宗様の仰せの通りかと存じます。当然、四代将軍家のその強さ・自信を不快と感じる大名はかなりいる、と私は捉《とら》えておりまする」

「うむ……」

「ある意味に於きましては、将軍権力というものにとっては、将軍と大名との関係は個別的・特徴的に柔軟でありますが方が、宜しいのかも知れませぬ。一気一斉に諸大名に対し印知を発給しなかった初代将軍家康様は、辛《つら》い経験をなされた合戦というものを通じてその辺の呼吸なりを、よく摑んでおられたのかも知れませぬ」

「宗重殿、それは言えましょうな。寛文印知なるものが、個別的・特徴的に柔軟であったこれまでの将軍・大名の関係を、体制的なものに塗り替えたことは間違いありませぬよ。しかしながら、それによって諸大名の間に、将軍家に対しどれほどの強さの反発が生じるかを読み切ることは……」

「なかなかに難しいとは思いまする」

「それにしても気になる……私の身辺に現われては消える忍びどもがなあ、宗重殿」

「それ程までに？」

「奴らは何かを背負っている。深刻な何かを……そういう気がしてならぬ」

「深刻な何かを……ですか？」

「左様……」と、政宗は頷いて立ち止まり、辺りを見まわした。

「さてと、この辺りで一応のお別れと致しますか宗重殿」

「結構でありますが、政宗様には、この辺りが何処の何町なのか、お判りにはならぬでしょう」

「いや、それがまた、楽しいのです。はじめての、この大江戸を、ひとつ迷うて迷うて手さぐりで歩かせて下され」

「言い出されましたなら曲げぬ御方《おかた》でありますゆえ、宗重これにて退がりますが、本丸庭園にて尋常ならざる事態がござりましたゆえ、くれぐれも身辺にお気をつけ下さい」

「柳生分家も妙な忍びに狙われたのです、宗重殿も御油断なく」

「はい。用心いたしまする」

「それにしても、柳生分家に忍び入るとは、何やら不自然よなあ……」

「不自然？」

「たいていの者なら、恐らく柳生分家へなど、忍び入りますまいに」

「は、はあ……」

「まあ、よい。それでは宗重殿、ここで……」

正三位大納言左近衛大将松平政宗は、軽く一礼して柳生兵衛宗重からゆっくりと離れ出した。

三

「はて、困った……」

政宗は人通り絶えかけた夕暮れ迫る橋の上で、途方に暮れた。あちらで訊《たず》ね、こちらで訊ねて気《き》っ風《ぷ》のいい下町へ入り込んだことまでは理解できているが、最後に荒物屋《あらものや》(雑貨屋のこと)で教えて貰った安旅籠《やすはたご》がどうしても見つからない。

懐には柳生分家で宗重から半ば無理矢理に手渡された三十両があったから、当分は金の心配をする必要はない。

「また破れ寺《でら》でも探すしかないか」

呟いて欄干《らんかん》にもたれた政宗は、今日も夕焼け色に染まった空を映して流れる川《かわ》面《も》を、じっと眺めた。

政宗は、こうした時が好きであった。奥鞍馬では、鮮《あざ》やかな朝焼け夕焼けが、よく眺められたものだった。真っ赤な山や谷や川を、それこそ飛燕《ひえん》の如《ごと》く飛び回っていた少年の頃が、次次と思い出される。

「ちょいと、そこの様子《ようす》のいい御浪人さん……」

声をかけられて政宗は振り向いた。近付いてくる足音は背中で捉えていたから「女かな……」という予感は働いていた。

が、「あ……」と、政宗は小さな驚きに見舞われた。若年寄堀田備中守正俊の妹由紀姫が、目の前に突然現われたのかと思った。

それほど似通っていた。

ただ、目の前の女性《ひと》は黒羽織を粋《いき》に着込んで小綺麗《こぎれい》に化粧をした、素人娘には見え難《にく》い二十二、三と判った。

「なにか?……」

といささか眩《まぶ》し気に問い返す政宗に、黒羽織の美しい女性《ひと》はスウッと間を詰めた。

「何やら物思いにふけっておられる、と感じてお声を掛けたのでござんすが、迷惑でしたかえ」

と、小鈴が鳴るように耳ざわりの良い声。

「いや、べつに迷惑ではないが」

政宗は少し、とまどった。

「お困りな事あって、お悩みなら、この早苗姐《さなえねえ》さんが御聞きしようではござんせんか」

「なに、そなた早苗……と申されるか」

「あい」

政宗は夕焼け空の下、朱の色に染まった彫りの深い端整な女の顔を、引き込まれるように見つめた。

「今の所べつだん、悩み、という程深刻なものは抱えておらぬが」

「では、この橋の上で物思いにふける事など、お止《よ》しになっておくんなさいましな。黙って通り過ぎる訳には参りませんのでね」

「何故かな……」

「おや、御存知ありませんのかえ」

「ん？」

「この橋の名は俗に、身投げ橋。生活に疲れ切った者、恋に燃え尽きた男や女が、これ迄に幾人も目の下の速い流れに身を投げ込んでいますのさ。ここから鱶《ふか》のいる海までは直ぐそこ」

「それはまた……知らなんだな」

「御浪人さん、どうやら江戸の人じゃござんせんね」

「つい二、三日前に、京《みやこ》より江戸入りしたばかりでな。この界隈《かいわい》が気《き》っ風《ぷ》のよい下町、という程度の知識はあるのだが」

「まあ、京の人でござんしたか」と、にこりとした表情が、余りにも妖《あや》しい。

「西へ二、三町ばかりの小沼そばにある荒物屋でだが……」

「あ、確か沼田《ぬまた》屋さん？」

「うん、その沼田屋の親切な内儀に安旅籠を教えて貰ったのだが、どうしても見つけられんのだ」

「旅籠の名は？」

「四根《しこん》屋。一、二、三、四……の〝四〟の字に、木の根の〝根〟と書くらしい」

「なんだい、四根屋さんなら、方角がほとんど逆《さか》さでござんすよ御浪人さん」

「え、逆さかあ……」

「此処は皆、気っ風で腹膨《ふく》らませているようなところがある下町深川《ふかがわ》でござんしてね」

「なるほど此処が深川……」

「今から四根屋さんを目指すと日が沈みましょうし、また妙な場所へ迷うに決まっていますよ。かと言って、この界隈に気の利《き》いた安旅籠なんぞは無いしねえ」

「そうか。それなら何処ぞの寺の軒下でも借りるとしよう」

「ええい、乗りかかった舟だよ御浪人さん。見たところ、気立て優しく、ひ弱そうで、とても悪い奴には見えないから今宵《こよい》だけは、この早苗姐さんが面倒見させて戴こうじゃございませんか」

「そなたが?……い、いや、それには及ばぬ」

「いいからさ御浪人さん。ほら、ちょいと向こう先に、辻灯籠《つじどうろう》が見えるでござんしょ。あれを右へ折れての突き当たりが、格子戸のある早苗姐さんの住居《すまい》だから、勝手に入ってごろ寝するなり、水屋《みずや》にある甘酒を飲むなり、好きになすっておくんなさい」

「し、しかし……」

「ただ、四歳と六歳の幼子《おさなご》がいるから、ほれ、これを見せて早苗かあさんの知り合いだから、とか何とか上手《うま》く言って安心させてさ」

早苗姐さんはそう言うと、髪に挿《さ》した銀簪《ぎんかんざし》を抜き取って政宗に差し出した。

よく出来たかなり高値のもの、と政宗には見当がついた。

「有り難い申し出だが結構だ。主人《あるじ》も子もいるそなたの住居《すまい》へ、見ず知らずの男が押しかけるような無作法な真似は出来ぬよ」

「辛気臭《しんきくさ》いことを言わないでおくんなさいな、御浪人さん。この早苗姐さん、子は持ってても亭主を抱えるような面倒は、暫《しばら》く味わいたくござんせんよ。さ、早く行った行った」

早苗姐さんは銀簪を政宗の手に摑ませると彼の肩を軽くポンと押してから、身投げ橋を渡り出した。

「早苗……姐さんとやら。そなたは、これから何処へ？」

すると、身投げ橋の中程で立ち止まり振り返った早苗姐さんが、ゾクリとするような笑みを口もとに見せた。

「身投げ橋を渡って、この先を行きますとね、ちょいと繁盛している門前町に出ますのさ。其処《そこ》で煮染屋《にしめや》の元締《もとじめ》がやっている大層な料理茶屋〝近江屋《おうみ》〟の早苗姐さんと言やあ、大店《おおだな》の旦那や道楽息子、果ては生臭坊主や小旗本、小役人の間で、少しばかり人気がござんしてねえ」

「二人の幼子を抱えての水茶屋仕事か、大変だのう」

「琴三味線を弾《ひ》いたり、舞を舞ったり、と大変と言えば大変さ」

「酒の相手をしながら、琴三味線を間違いなく弾くというのはなかなかに難《むつか》しかろ」

「早苗姐さんは、酒の相手は致しませんのさ。家で待つ二人の幼子に酔った無様《ぶざま》は見せとうありませんのでね」

「そうか……帰りは遅くなりそうだな」

「あい……でも気にしないで、先に休んでいておくんなさい」

「判った。今宵は早苗姐さんの言葉に甘えさせて戴こう」

「素直な御人《おひと》は好きでござんすよ。ふふっ……」

早苗姐さんは含み笑いを残して、暗さを増し始めた身投げ橋を足早に渡っていった。

妙な事になった、と思いながら政宗は教わった道をのんびりと進んだ。

彼は勿論そうと気付いてはいなかったが、いつの間《ま》にか「深川」に入り込んでいたのだ。かつては海辺の低湿地帯であったこの界隈を積極的に埋め立て、堀や運河を造り市街化を進めたのは、初代将軍徳川家康だった。なかでも彼が最も早くに力を入れたのは、行徳《ぎょうとく》（千葉県市川市）産の塩を江戸へ運ぶに欠かせない、隅《すみ》田《だ》川と中川を結ぶ運河（小名木川）である。

「早苗姐さんか……なかなかの女性《ひと》だな」

政宗は呟いた。

（菩提寺へ骨を納めた早苗と同じ名。しかも由紀姫に似た美しさ。いやはや人と人とをつなぐ縁《えにし》とは判らぬものよ……）

と思いつつ振り向くと、身投げ橋に薄靄《うすもや》がかかり始めていた。いつのまにか夕焼け空が、墨を流したように汚れてしまっている。

江戸の町町が真っ暗となるのは、まもなくだった。江戸の夜は誠に暗い。

「早苗姐さんは、酒の相手は致しませんのさ」

小鈴を優しく振ったような澄んだ彼女の声が、まだ政宗の耳の奥に心地よく残っていた。

黒羽織で知られる深川芸者（辰巳《たつみ》芸者）と呼ばれるものが下町で見られるようになるには、もう少しばかり時代を下らねばならない。

だが、早苗姐さんのように、このころ既に気っ風《きぷ》のよい辰巳芸者の下地は、深川界隈の色茶屋などに出来つつあった。

男と女があり、琴三味線と酒があり、それに夜が加われば、芸妓の世界は弥《いや》が上にも自然と形づくられてゆく。

辻灯籠の角を右に曲がって政宗の足が止まった。なるほど幅一間《けん》ほどの路地の正面突き当たりに、格子戸のある板葺《いたぶき》屋根のこぢんまりとした二階家があった。

周囲《まわり》が平屋《ひらや》だから目立っている。が、かなり古そうだ。

（子供が怖がらなきゃいいが）

そう心配しつつ、政宗は質素な造りの二階家に近付いていった。質素な造りとは言っても、路地の両側に背を見せて建ち並ぶ町人長屋なんぞは、もっと質素だった。造りそのものが貧しさを物語っているかのように。

格子戸の前に立った政宗であったが、どうしたことか戻り出した。

その動きが、表通りの手前、路地の出入口付近で止まった。

濃い夕暮れ色の中へ、政宗は心を鎮《しず》めて神経を走らせた。江戸城本丸庭園という考えられないような場所で、謎の忍びに暗殺されかけた彼である。その身を、何の用心もなく幼子二人がいる早苗姐さんの住居《すまい》へ、運ぶ訳にはいかなかった。

(どうやら……大丈夫か)

政宗は引き返し、それでも一度振り向いてから、格子戸を開けた。

白玉石を敷き詰めた上を六、七歩あるいた先に、更に玄関の格子戸がある。

政宗の雪駄《せった》に踏まれて、白玉石が鈍い音を立てて鳴った。

(早苗姐さん、なかなか用心深いな。これでは盗《ぬす》っ人《と》といえども玄関正面からは入りにくい)

と、政宗は感心した。

玄関格子戸は全面が障子貼りで、中は見えないようになっている。

だが政宗は格子戸の直ぐ向こうに、人の小さな気配を捉えていた。

白玉石の軋《きし》み鳴りで、幼子二人が玄関まで出て来たようだった。

政宗は静かに声をかけてから、格子戸を引いた。日頃の手入れがよいのか、滑りのよい格子戸だった。早苗姐さんの性格の表われであろうか。

幼子二人は、やはり手をつないで玄関に出て来ていた。早苗姐さんが言っていた六歳つまり年上の子は女児、四歳の下の子は男児であった。継《つ》ぎ接《は》ぎは目立っているが洗いのきいた、こざっぱりとした着物を着せて貰っている。

共に目鼻立ちのはっきりとした、よく似た可愛い顔立ちをしていた。

「どなたですか?」と上の女児が訊ねた。べつに怖がっている様子はない。

だが政宗は、女児の言葉づかいに思わず「ん?」となった。闊達《かったつ》な筈の下町深川の子にしては、「どなたですか」という訊《き》き方はどことなく不似合いだった。

「私は早苗母さんの知り合いでな、松平政宗というのだ。ほら、これが母さんから預かってきた銀簪《ぎんかんざし》……」

政宗が懐から銀簪を取り出して見せると、日頃から早苗姐さんに「こういう場合はこうだから……」と言い含められているのか、二人は揃って笑みを見せた。

政宗は判り易い言葉を選んで、自分が何故ここへ来たかを幼子二人に告げ、もう一度二人揃った笑顔の了解を貰った。

しかし政宗は、玄関の間《ま》三畳に上がらせては貰ったが、そこから奥へは行かなかった。

二階への階段は少しばかり急で、玄関の三畳間《ま》の左脇に付いている。三畳間の奥は八畳くらいの広さがありそうだったが、襖障子が一枚、閉められているので、よくは判らなかった。

台所の土間は、玄関の間《ま》右手から奥の間《ま》にかけてあり、竈《かまど》二つと大きな水甕《みずがめ》一つが認められた。

政宗が「ほう……」と注目したのは、玄関の間と奥の間の隔《へだ》てとなっている梁《はり》に掛けられた二つの燭台《しょくだい》だった。

明暦《めいれき》三年（一六五七年）一月十八日に本郷菊坂《ほんごうきくざか》そば丸山《まるやま》の本妙寺《ほんみょうじ》を火元とする大火（明暦の大火）は、江戸の町町を舐《な》め尽くし、江戸城本丸・二の丸他を焼き払い、死者十万を数える大惨事となった。

この大火から既に十三年以上が経っていたが、幕府調査班は出火原因を未だ摑み切れておらず、本妙寺の単純出火説と、反幕不良分子による本妙寺への放火説が、宙に浮いたままとなっている。

ただ、明暦の大火以降、安全な燭台の普及が武家の間で論じられる傾向を見せ、それに応《こた》えるようにして出回り出したのが、梁や柱に掛ける銅・鋼《はがね》製の燭台だった。

けれども、値《ね》が張った。長屋住まいの町人が気軽に手の出せるものではなかった。

その〝安全燭台〟なるものが、早苗姐さんの住居《すまい》の梁に掛かっていたのだ。

政宗は年上の女児に向かって訊ねた。

「あの燭台の火は、誰かに点《つ》けて貰ったの？」

「暗くなったら、いつも隣のお婆ちゃんが来て、点けてくれます」

「そうか」と、政宗は安心したように頷いた。

「おじさん、ご飯は？」

女児に、おじさん、と言われて政宗はホッとした。もし、お侍さん、と言われていたなら戸惑《とまど》うか、複雑な気分に陥っていたかも、と思ったりした。

「ありがとう。夕ご飯は、もう食べてきたよ」

「では、お水を飲みませんか」

「うん、お水も結構だよ。それよりも、名前を聞かせてくれないかな。おじさんも、松平政宗と名乗ったから」

「わたしは美代《みよ》、弟は六助《ろくすけ》。名前の字も書けます」

「え……」と、政宗は驚いた。町人の僅か六歳の女児が、美代と六助、の字が書けるという。

「それは偉いなあ。早苗母さんに教わったのだな」

「はい」

「美代と六助は、もう夕飯は済んだのかな？」

「食べました。母さんと一緒に」

「そうか。早苗母さんは仕事に出る前に、三人で夕飯を済ませるのだね」

「ときどき隣のお婆ちゃんも来て四人で食べる事もあります」

「なるほど。お婆ちゃんも一緒になあ。早苗母さんの帰りは、遅いのだろうねえ」

「だから美代は母さんの帰りが心配です」

「ん？　どういうこと？」

「母さん、ときどきお酒に酔ったお侍さんに帰り道で絡《から》まれているらしいから」

「早苗母さんから、そう聞いたのかな」

「違います。近所のおじさんたちが、心配そうに話してくれた事がありました」

「そうか……早苗母さん、一生懸命に働いているから、色色な事があるのかも知れないなあ」

「おじさん、お願いがあります」

「判ったよ、今宵《こよい》はおじさんが早苗母さんを、迎えに行こう」

「わ、本当ですか。有《あ》り難《がと》うございます」

美代の表情が明るくなった。

四

美代も六助も寝静まっていた。

夜四ツ（午後十時頃）を告げる「捨《す》て鐘《がね》」が町に響《ひび》き出したので、政宗は立ち上がり粟田口久国を帯に通した。

「捨て鐘」とは、刻《とき》の鐘の〝本鳴り〟の前に三度打ち鳴らす、いわば〝予報〟であって、三鳴りの内の最初を長く尾を引くかたちで、残り二つは間隔を詰めて打ち鳴らした。

政宗は音立てぬよう二階家を出た。内側玄関の格子戸にも外側の格子戸にも、戸締りの細工《さいく》などは無かった。ただ、外側の格子戸は雨戸二枚で隠《かく》す、つまり塞《ふさ》ぐ備えがあったので、政宗はそれをしっかりと閉じた。

政宗は少しばかり空腹を覚えながら歩いた。

屋台そばは無いか、と期待したが、江戸は町の規模が余りにも大きいだけに、京《みやこ》とは事情が違って全く見当たらない。

江戸でも京、大坂でも四代将軍家綱の時代には、うどん、そばが〝大事な食べ物〟として人人に認識され出してはいたが、「夜中の屋台そば」を容易に見つけるには、特に江戸に於いては、ほんのもう少し時代を下がる必要があった。

政宗は、身投げ橋を渡った。満月に近い月が夜空にあったから、今宵の深川は足元に不自由しなかった。それに、深山幽谷《ゆうこく》の奥鞍馬で走り回り飛び回りして育った政宗にとって、暗さは、さほど不自由なものではない。

暫く行くと、この刻限であるのに、まだ小提灯《こぢょうちん》の明りが軒下に並び列《つら》なっている通りに出た。三味線の音や手拍子も聞こえ、通りには酔っ払った二本差しや職人風が、其処《そこ》にも向こうにも。

政宗は知らなかったが、そこは寛永四年（一六二七年）に建立《こんりゅう》された富岡《とみおか》八幡宮やその別当寺《べっとうじ》（永代寺）の門前町だった。

特に寛文元年（一六六一年・家綱二十歳）に隅田川に架かる両国橋が完成してからは訪れる人が増え、この門前町は賑《にぎ》やかに発展しつつあった。

「てやんでえ。安酒一合に十文もふっかけやがって馬鹿野郎」

居酒屋の裏手あたりで、誰かがくだを巻いている。

それを聞きながして、「こんばんは」と政宗に会釈を送りながら、店じまいの表戸を閉じている小娘がいた。

「少し訊《き》きたいのだが……」と、政宗はその小娘に近付いていった。

「はい？」と小娘が、体の動きを止める。

「早苗姐さんが座敷に出ている料理茶屋の近江屋というのは、どの辺りかな」

「ああ、近江屋さんなら、あの大きな二階家がそうです」

と指差して答える小娘には、少し訛《なま》りがあった。地方の貧しい百姓の娘が身売り同様の扱いで江戸へ、出稼ぎに来たのだろうか。

出稼ぎとは言っても、ほとんど給金など貰えない仕組の世の中だった。

盆・暮れに、鼻糞ほどの銭を貰えたら、まだ恵まれている方だ。

「早苗姐さん、そろそろ終りの頃だと思いますよ」

小娘が付けたした。

「そうか。ありがとう」

「この辺りで、あまりお見かけしない顔だけど、早苗姐さんのお知り合い？」

「あ、まあ少し……」

「客でもないのに勝手に近江屋さんの暖簾《のれん》を潜《くぐ》ると、下足番の兄《あに》さんに叱られますからね」

「うん」と頷いてから、政宗は小娘から離れて歩き出した。

近江屋は、一階の軒下にも二階の軒下にも、小提灯の明りが並び列《つら》なっていた。

風で揺れるのを防ぐためであろうか、小提灯の底から細紐《ほそひも》で結んだ拳大の石がぶら下がっているのが面白い。

「この門前町は豊かなんだなあ」と、政宗は小提灯を見上げながら感心したように呟いた。

小提灯の中には、蠟燭《ろうそく》が入っている筈であった。決して安価なものではない。

蠟燭は文禄《ぶんろく》の頃（一五九二年〜一五九六年）、堺《さかい》の豪商納屋助左衛門《なやすけざえもん》（別に呂宋《るそん》助左衛門とも）が呂宋（フィリピン）から持ち帰って豊臣秀吉《とよとみひでよし》に献上したのが始まりである。

江戸に於いて消費される蠟燭は、安永《あんえい》の頃（一七七二年〜一七八一年）までは、その三分の二が大坂から下ってくる品で、残り三分の一が江戸産だった。

大坂から下ってくる品の方が安かったが、それでも其《そ》の日ぐらしの町人にとっては決して安いものではない。

政宗は近江屋の玄関前で足を止めた。

店の中も贅沢《ぜいたく》なほど明るく、暖簾に染め抜いた近江屋の文字が、くっきりと浮き上がって見える程であった。

と、二階の右端の部屋が、明りを消して暗くなった。客が帰って跡片付けが済んだからであろうか。それとも泊まり客がいて、床入りが始まったのであろうか。

「ありがとうございました。またの御利用をお待ち申し上げます」

女将《おかみ》らしい中年の女に見送られ、博徒の親分らしい身形《みなり》の中年の男が、子分体《てい》の若い三人を従えて外に出てきた。子分の身形も、きちんとしている。

「早苗の三味線と舞に堪能《たんのう》させて貰ったぜ。ほらよ女将、これを早苗に渡してやってくんねえ。ほかの姐さんたちがいる前では、手渡せなかったんでね」

親分体が裸の一両小判を着物の袂から取り出し、女将に差し出した。

「これはまあ、いつもいつも申し訳ございません。はい、確かに早苗に手渡し致します」

「それから、変な旗本や大店《おおだな》の主人《あるじ》などの甘い言葉にくれぐれも引っ掛からねえように、とな」

「はいはい、親分さんの御言葉として、しっかりと伝えておきますので」

「そいじゃあ、またな……」

一本差しの親分は、着物の袂に両手を入れ込んで歩き出した。

一昨年の寛文八年（一六六八年）三月に治安維持のため、幕府は「町人帯刀禁止令」を出しているが、「そんなことは知っちゃあいねえ」といった顔つきだ。

一本差しの博徒体四人は、政宗には見向きもせず、肩で風切るごとく直ぐ目の前を足早に通り過ぎていった。

「お侍さん……」と、女将が政宗に近寄ってくる。

「先程から人待ち顔でお立ちだけど、近江屋に何か用でも？」

「早苗姐さんを迎えに来たのだ。夜道が暗くて物騒なのでな」

「早苗を？……」と、女将の視線が政宗から逸《そ》れて、彼方《かなた》へ移った。

先ほどの博徒体四人が〝早苗〟の言葉が耳に入ったらしく「ん？」といったように立ち止まって振り向いた。いや、それだけではなく、足早に戻ってくる。

「そうかえ、早苗をね……」と、女将は逃げるようにそそくさと店の中へ引き返した。

近江屋の、今度は二階左端の部屋が、暗くなった。

「おい、お侍さんよ」

背後から野太い声を掛けられ、政宗はゆっくりと振り向いた。

「お前《めえ》さん、浪人に見えるような見えねえような小綺麗な風体だが、この界隈では見かけねえ顔だな」

「うん。江戸入りして、まだ何日も経っていない旅の者《もん》だが」

「じゃあ浪人……だな？」

「左様……」

「その旅の浪人が、早苗に何の用でえ。早苗を知っているのか」

「知っている……とは言ってもほんの少しばかりだが」

「ほんの少しばかりだと？……何だか妙な言い方をしてくれるじゃねえか」

「そうとしか言いようが無いのでな」

「名前を聞かせて貰おうかえ」

「何故、お前に対して名乗らねばならんのだ」

「聞きてえからよ」

「お前たち、地回《じまわ》りか？」

「なんだと、この野郎。もう一遍《いっぺん》言ってみな三一《さんぴん》」

　いきり立ったのは親分ではなく、三人の子分の内の兄貴株に見える肥満《ひまん》気味の男だった。

「まあまあ、そういきり立つんじゃあねえ芳松《よしまつ》」

と、一応は貫禄風《かんろくかぜ》を気取る親分であったが、どうも余り恰好《かっこう》よく板に付いているとは言えない。

「お前《めえ》の名をこちらから先に訊いた以上は、まあ妥協して俺から先に名乗ろうかい。俺はこの界隈で起こったゴタゴタを鎮めて回っている隅総《すみふさ》一家《け》の元締《もとじめ》で、隅《すみ》屋平次郎《やへいじろう》って者《もん》だ」

「そうか」

「で、お前《めえ》は何て言うんだえ」

「天下素浪人《てんかのすろうにん》……」

「な、なにっ」

「だから姓は天下名は素浪人、と名乗っているではないか」

「てめえ、この隅屋平次郎が下手《したて》に出ていりゃあ、なめた事を言ってくれるじゃねえか」

「なめた訳じゃない。真面目《まじめ》に言っている」

「真面目だとう三一《さんぴん》」

手下の芳松とやらの三一発言を抑えた平次郎親分が、今度は自分から三一呼ばわりをして、しかも長脇差《ながどす》の柄《つか》に右手をかけた。

「おや、平次郎親分、どうなすったんでござんす?」

不意に澄んだ声が双方の間にするりと割って入った。

「あらまあ分造兄《ぶんぞうあに》さん、またお侍の真似をして夜歩きかい。困った人だねえ」

そう言いつつ双方の間へ近付いてきたのは、近江屋の暖簾を左右に分けて出てきた黒羽織の早苗姐さんだった。

「おい早苗よ。いま分造兄《あに》さんとか言ったな」と、平次郎親分が幾分表情を和《やわ》らげ長脇差の柄から手を離した。

「あい。向嶋《むこうじま》は堀切《ほりきり》村で百姓仕事をしている兄《あに》さんでござんすが、困った事に子供の頃からお侍姿が大好きで、今だにこうして、お侍に化《ば》けては夜歩きがしたくて、わざわざ深川まで出て来るんでござんすよ」

「なんでえ、実の兄さんかえ。道理で早苗に似て男前《おとこまえ》だあな」

「ひとつ厳しく説教してやって下さいな親分さん」

「ま、侍姿で夜歩きするだけじゃあ誰に迷惑かける訳でもなし、それくらいは大目に見てやんねえ」

「あら親分さん。随分と分造兄さんに優しいじゃござんせんか。あたしゃあ妹として兄さんのこのお侍姿が、恥ずかしくて恥ずかしくて」

「しかし、おい早苗の兄の分造とかよ、それにしても似合っているじゃあねえか、その侍姿がよ。それによ、なんだか近寄り難《がた》い感じを出していやがってよ、この野郎めが」

と、よ付き言葉が矢鱈に多い元締だった。

「あたしの兄さんだからといって、甘やかさないで下さいましな平次郎親分」

「そういう訳じゃねえが……ところで女将に手渡しておいた心付けだがよ、受け取ってくれたかい」

「いつも御贔屓《ひいき》にして下さいまして有り難うございます親分さん。確かに嬉しく頂戴致しました」

「そうかえ。それならいいんだ。ま、侍姿云々《うんぬん》は、兄妹《きょうでえ》でよく話し合って解決しねえ。隅総一家《け》の元締、隅屋平次郎が口を挟む程の事もねえやな」

「相変わらず、粋《いき》で気《き》っ風《ぷ》がいい男でござんすねえ平次郎親分さんは」

「なあに……じゃあ今宵はこれでな」

「あい。またお越しなさいまし」

「おうよ」

隅総一家の元締、隅屋平次郎はニッと笑って役者顔を演じたかと思うと、くるりと踵《きびす》を返して遠ざかっていった。

四人の後ろ姿が暗い夜道に溶け込むまで黙っていた早苗姐さんが、ようやくフウッと溜息を吐く。

「一体どうしたと言うんです、お侍さん。あたしの住居《すまい》の居心地、悪うござんしたかえ」

「いや、夜道が物騒ではないか、と気を利《き》かせて迎えにな」

「さては美代が何ぞ言いましたね」

「母さんが帰り道、酔っ払いによく絡まれるらしい、と」

「そんなことを……」

「心配だから、迎えに行ってほしい、と頼まれたのだ。来てよかった。少し酔っているのではないのか」

「今の親分さんに、強く勧められましてねえ。飲みたくはなくとも……」

二人は肩を並べて月明りの夜道を歩き出した。

「欲しくはなくともさ。心付けを差し出されると、要《い》らないという訳にもいきませんのさ。だから、五度に一度くらいは我慢して嫌な付き合い酒を飲んでやったりねえ」

「辛い仕事だな」

「何だか大親分を気取っていたではないか。あの隅屋平次郎とかは」

「あれ、ほとんど偽《にせ》の博徒衆でござんすよ」

「ほとんど偽とは？」

「元は両国で隅総を看板にする腕のいい大工の棟梁でござんしてね。ところが飲む、打つ、買う、が大好きなもんで、いつのまにか平次郎棟梁のまわりに不良仲間が集まり出し、隅総一家を名乗るようになってしまったんですよ」

「ほう……で、大世帯なのか」

「いえいえ、ほんの十四、五人ばかりですかねえ。うち半分ほどは気の荒い喧嘩《けんか》好きな職人たちでござんしてね。これを気の強いしっかり者《もん》の御内儀《おかみ》さんが束《たば》ねていて、面白いことにその半分ほどは今も大工仕事に精を出し、評判のいい仕事を残していますよ」

「たしかに、面白い一家のようだな。しかし平次郎親分とかは、この界隈で起こったゴタゴタは隅総一家が鎮めて回っている、と大見得を切っていたが」

「とんでもござんせんよ。この本所深川一帯は、それはそれは絵に描いたように恰好いい兄《あに》さんたちで、守られていますのさ」

「そうか……ところで早苗姐さん、頼みがあるのだが」

「なんでござんす……あ、その前に、早苗姐さんは止《よ》して、早苗と呼んで下さいましな」

「いや、早苗と呼び捨てには出来ない。姐さんを付けさせて貰いたい」

「ふうん……なんだか早苗の名に、こだわりでもあるような口振りですこと」

「いや、べつにそういう訳ではない」

「で、頼みとおっしゃいますのは？」

「面倒をかけるが、明日の朝にでも、木場界隈へ案内してくれぬか」

「よござんすよ。木場界隈にお知り合いでも？」

「うむ、少しな……」

「御浪人さん、お名前を教えて下さいましな」

「おう、そうであったな。姓は松平で、名は政宗だ。ひとつ宜しく頼む」

「松平……まさか徳川将軍家のお血筋、という訳ではござんせんよね」

「無関係だ。単なる貧乏浪人に過ぎぬ」

「驚かさないでおくんなさいましな。このお江戸で、いきなり松平と聞くと、下町の者《もん》はびっくり致しますよ」

「ははは、すまぬ。それよりも早苗姐さん、二人の幼子《おさなご》、美代と六助は、そなたの実の子ではないな」

「そのことなら、政《まさ》さんには……そう呼ばせておくんなさい……政さんには関係ござんせんから、訊かないでおくんなさいな」

「なるほど私には関係ないかも知れぬが、しかし……」

政宗の言葉が、ふっとそこで止《や》んだ。いや、政宗と早苗二人の足も止まっていた。少し先に薄靄のかかった誰一人いない身投げ橋が見え始めていて、その橋の手前へ、長屋の陰からスウッと現われた人影――男、それも侍――が一つ、立ち塞《ふさ》がったのだ。

「誰だい？」

と声を出しかけた早苗姐さんに、政宗が人差し指を口の前に立てて見せた。

「此処にいなさい。動かぬように。大声をあげてもいかぬ。宜しいな」

「は、はい」と頷いた早苗姐さんが二歩ばかり傍《そば》の、柳の古木へ体を寄せた。

政宗は相手に近付いていった。ゆっくりと。両手を着物の袂に入れるという、スキだらけの恰好をわざわざ作るようにして。

早苗姐さんは、固唾《かたず》を呑んだ。毎夜、小旗本、小役人、参勤侍、などを入れ替わり立ち替わり相手にしてきた姐さんだけに、身投げ橋手前に突然立ち塞がるように現われた人影――侍――に、不吉なものを覚えた。

相手から二間《けん》（約三・六メートル）ばかりの所で、政宗の足が止まった。

「矢張り現われたか」

「……………」

「堀田邸を出たところを私に見られた事が、余程に拙《まず》かったようだな」

「……………」

「斬れ、と命じられたか。それとも己れでその気になったか」

「余り覚えておらなんだ顔だが、こうして二度会うと、もう忘れることはあるまい」

「…………」

無言の相手にそう告げつつ政宗は着物の袂から、ようやくのこと両手を出した。

「名を聞きたい」

と相手がはじめて口を開いた。

「ほう、喋《しゃべ》れるではないか」

「名乗れ、隠すことなく……な」

「隠すことなく、と言うか」

「左様。でないと、後味が悪い。斬った後のな」

「では、そなたが先に名乗るがよい」

「こちらは名乗る必要はない」

「死ぬのは私……だからか」

「それに、相手を間違えて斬るのも拙い」

「なるほど。相手を絶対に間違うな……と命じられたか」

「…………」

「名乗ってやろう。姓は松平、名は政宗」

「正三位大納言左近衛大将、松平政宗様ですな」

「うむ。ま、そう飾りを付けて呼びたがる者もいる。実に迷惑致しておるが」

（ええっ……）と、早苗姐さんは驚愕した。小旗本、小役人、参勤侍などを相手にすることが多い早苗姐さんである。武家社会の仕来《しき》たりや常識といった事には、それなりに通じているのであろうか？

確かに、地位・階層について知っておくことは、そうした客を楽しませる上で絶対不可欠な要素だった。

それゆえ自分なりに、学びでもしてきたのであろうか？

したがって「正三位大納言左近衛大将」が、とんでもない地位立場であると、充分に見当をつけられる早苗姐さんだったのか？

「お覚悟を……」

刺客が静かに抜刀し、切っ先を、だらりと下げたまま、用心深く間を詰め出した。

双方の間が一間半ほどに狭《せば》まったが、政宗は飄然《ひょうぜん》の態《てい》で立ち尽くしたまま。

だが彼の端整な表情は、月明りの下で明らかに硬くなっていた。

(この男……免許皆伝どころの腕ではない)

政宗は、そう思った。剣をだらりと下げたその姿に、一分のスキも無い。

(柳生兵衛宗重殿に匹敵する……か、その上を行く)

と読む政宗であった。

政宗と宗重は、かつて互角に闘い、共に深く傷ついた。その創痕《きずあと》は今も二人の体に残っている。

政宗は、まだ粟田口久国を抜かなかった。抜けば、その一瞬か一瞬直後が勝負になると読めていた。

「抜かれよ」

相手が促した。促しつつ足先でジャリと土を鳴らし、正眼の構えをとった。前後に軽く開いた足は、前右足が左方向つまり内向きへ、左後足が右方向やはり内向きへ、と政宗がはじめて見る奇妙な足構えである。

忍《しの》びか、と政宗は思ったが直ぐに(いや、忍びの遥《はる》か上をゆく忍び……)と思い直した。当たり前の忍びにしては、正眼の構え、刀身の位置、高さ、が余りにも綺麗であり過ぎた。

本格派であることが、その刀構えで判る。

政宗の左手親指の腹が、ようやく鍔平に触れ、左が僅かに退がって腰が少し低くなった。

右手は、中腹部の前あたりで、指五本をバラリと開き相手に向けられている。

相手も、やや腰を下げた。

双方そのままの姿勢で見つめ合い、身じろぎ一つしない。睨《にら》み合いではなかった。見つめ合いだった。

早苗姐さんは柳の古木に、しがみついていた。息苦しくもあった。

しかし、(何と綺麗な……まるで役者構えそのまま)と、思う余裕はまだあった。片方の身構えに対してではなく、双方の身構えに対しそう感じていた。

恐らく剣術の剣も知らぬに違いない彼女ではあったが、二人から伝わってくる何とも名状し難い熱さによって〝実力伯仲《はくちゅう》〟を思い知らされていた。

ただ不思議に感じたのは、すでに抜刀している刺客が、まだ抜刀していない政宗に対し、斬り掛かれないでいることだった。

いや、早苗姐さんにはその光景が、「斬り掛かれない」でいるのか、「斬り掛からない」のか、どちらか全く理解できていなかった。

「名乗って戴《いただ》きたい」

ようやくのこと口を開いた政宗の言葉が、それであった。穏やかな口調である。

「死ぬる者に、名を聞かせても仕方なかろう」

と、刺客は拒んだ。やはり物静かな答え方だった。

「そなたは、私に斬られる。よって、是非とも名を知りたい」

政宗にそう告げられ、刺客の剣先がピクッと小さく反応したのを、月明りの中、早苗姐さんは見逃さなかった。

「笑止。あの世へ参られるのは、大納言政宗様の方ぞ」

「左様か。名乗らぬか。では、無縁墓地へ行くがよい」

「むっ」

無縁墓地と聞いて、刺客は誇りを傷つけられでもしたのか、再び剣先を僅かに震わせた。

政宗の右手が、粟田口久国の柄へ、ゆっくりと迫ってゆく。

早苗姐さんは胸の前で両手を強く組み合わせ、息を殺した。

刺客が更に腰を沈め、切っ先を下段構えとして、刀身を逆にした。

政宗の体を、下から撥《は》ね上げるようにして、斬るつもりか。

粟田口久国が鞘《さや》から滑り出て、何と政宗は、相手と全く同じ構えをとった。寸分違《たが》わない。天下一の役者の如く。

思わず早苗姐さんの口から呟きが漏れた。「すごい……」と。

瞬間、刺客の足が地を蹴った。

早苗姐さんが（あっ……）と、目を閉じる。

地から天に向かって、顔面の直前を走った暗殺剣を、粟田口久国が鍔《つば》元で受けざま捻《ひね》り返した。

刺客は右へよろめいたが、そのよろめきを用いて、政宗の左腰へ強烈な一撃を打ち込む。

粟田口久国の峰《みね》が、ガチンとそれを受けたが、刺客は即座に半歩退《ひ》きざま、面、面、と激しく二連打した。

政宗が矢張り粟田口久国の鍔元でチンッバチンッと見事に受け、二撃目の受けをまたしても捻り上げた。

今度は強烈。柄を放さぬ刺客の手首が一瞬、裏返しにねじれ、その痛みで相手の表情が「うっ……」と歪《ゆが》んだ刹那《せつな》、粟田口久国の刀身が光と化して一直線に、ぐうーんと伸びた。

少なくとも早苗姐さんには、そのように見えた。縮《ちぢ》んでいた青竹が、思い切り弾《はじ》けたように。

粟田口久国の切っ先が何の音もなく、刺客の喉元《のどもと》を貫《つらぬ》く。

貫かれた刺客は、声ひとつ立てない。

粟田口久国の柄を片手で持ち、大きく深く右足を踏み込んで腰を下げた政宗のその〝突き構え〟に、早苗姐さんは我を忘れて見とれた。

まるでそれは西洋流剣術《フェンシング》そのものに見えたが、むろん早苗姐さんには、そうとは判らない。

政宗がスルリと粟田口久国を引くと、刺客は一滴の血も噴き出すことなく、両膝を折って崩れ沈んだ。

早苗姐さんは、政宗に駆け寄った。

「だ、大丈夫ですか」

「行こう。早苗姐さんが長くいる場所ではない」

「でも……」

「役人を呼べば、ただの斬り合いでは済まなくなる。急ごう」

「は、はい」

政宗は懐紙で刀身を拭《ぬぐ》うと、その懐紙を四つに小さく折り畳んで着物の袂に入れた。

第五章

一

豆腐に葱《ねぎ》、大根がたっぷりと入った味噌汁。

それに小茄子《こなす》の漬物。

政宗は、江戸までの道中で食した、安宿の朝食とは比較にならぬ旨《うま》さに、昨夜の出来事の不快さが薄らぐのを覚えた。

「早苗姐さんは料理が上手だな。実に美味《おい》しい朝餉《あさげ》だ」

「あのう松平様……」

と、早苗姐さんは手にしていた箸《はし》と味噌汁の椀《わん》を、そっと膳《ぜん》に置いた。

涼し気な視線が、行儀よく正座して黙って朝御飯を食べている二人の幼子に、チラリと流れる。

政宗は箸の動きを休めて、早苗姐さんの目を見た。

「私のことを……これより喜世《きよ》とお呼び下さいませ」

今朝から妙に言葉少なになっていた早苗姐さんが、それまでとはガラリと口調を変えて慇懃《いんぎん》となり、喜世の字綴《つづ》りをも付け加えた。

「どういう事だ。早苗とは仮の名、とでも言うのかな」

「はい。料理茶屋勤めの時に、思い付いた仮の名でございます」

「親から授かった誠の名は、喜世だという訳か」

「左様でございます」

「そなた、武家の娘であろう」

「…………」

「ならば姓を教えてはくれぬか。こうして、見ず知らずだった松平政宗なる私の名を知り、朝餉を馳走《ちそう》してくれる縁となったのだ」

「…………」

早苗姐さん、否、喜世は力なく視線を落とした。

「そうか。では、訊《き》かぬでおくとしよう」

「桐岡《きりおか》……父は桐岡喜之介《きのすけ》と申しまする」

「やはり武家の娘であられたか」

「直参旗本でございました」

「ございました？……御父上は、すでに亡くなっておられるのか」

「一昨年の春に……」

「そうであったか。色色と苦労があったな？」

「…………」

「して、母殿は？」

「お願いでございまする。桐岡家の事につきましては、ここまでに……」

と、喜世の声が、か細くなる。

「すまぬ。私としたことが、少し出過ぎたようだの。わびる」

と、応じる政宗の声も、そばで正座する二人の幼子をはばかってか、小さくなった。

「いま以上の事につきましては、いずれかの機会に、お話しさせて戴《いただ》きまする」

「承知した。話はここ迄《まで》と致そう。ただ、一つ付け加えたいのだが」

「何を、でございましょうか」

「私のことを〝松平様〟は止《よ》してくれぬか。政《まさ》さん、あるいは政宗でよい。徳川将軍家の一族でない者が、この江戸城下で松平姓で呼ばれるのは余り心地よくないのでな」

「やはり将軍家とは無関係の、松平様であられましたか?」

「うむ」

「失礼ながら、そのお若さで正三位大納言左近衛大将の高位を、得られるものではございませせぬ。もしや、京《みやこ》の止《や》ん事無《ごとな》き……」

「喜世殿。松平政宗に関しても、そこ迄として戴きたい」

「申し訳ありません。私《わたくし》につきましては、これより喜世、と呼び捨てにして下さりませ」

「わかった。それゆえな、喜世……ひとつ政さん、または政宗で頼む」

「はい。確かに承《うけたまわ》りました」

「有り難い」

にこりとした政宗は、味噌汁の椀を口に近付けた。

「御馳走様でした」

二人の幼子が口調を合わせて言いつつ箸を膳に戻し、両手を合わせた。

「お粗末様。今日は早苗母さんね、このお侍様——政宗様を木場の方へ……」

そこまで言って、喜世はちょっと困惑したような表情となった。

「早苗母さんでよいではないか。子供たちの前では暫《しばら》く私も、そう呼ばせて貰《もら》おう」

政宗が微笑み、喜世が「はい」と頷《うなず》く。

「散歩気分で、この子たちも連れて行ってやればどうかな」

「お宜《よろ》しいのですか」

「私は構わぬよ」

「よかったねえ美代、六助。いつもいい子にしているから今日は早苗母さんが、美味《おい》しいものを御馳走してあげましょう」

「いや、御馳走なら私がしよう。美代、六助、何か食べたいものがあれば遠慮なく言ってみなさい」

「美味しいもの、が食べたいです」

幼い二人が口を揃《そろ》えるようにして言った。

「美味しいもの、か。うん、よし。判った」

「ありがとうございます」

幼い二人は顔いっぱいに笑みを広げると、膳の前から退《さ》がり、猫が寝転んでいる縁側へと移った。

「この深川に、大人向きであって子供でも楽しめる味の良い上級な店はないのか」と、政宗は声を低く抑えて喜世に訊《たず》ねた。

「いいえ、深川ではなく浅草《あさくさ》は雷 門《かみなりもん》近くにある老舗《しにせ》ならば子供でも……」

と答える喜世のそれまで少し沈みがちだった表情が、明るくなった。

「浅草・雷門かあ。この地名は京《みやこ》まで知られている。一度行って見たいと思うておった」

「下町人情あふれる活気に満ちたいい町でございましてね」

「で、店の名は？」

「浅草駒形亭、と申します」

「ほう、如何《いか》にも老舗、と言った店の名ではないか」

「それはそれは美味な料理を取り揃えてございます。とくに鰻《うなぎ》や泥鰌《どじょう》料理、茶そば、善哉《ぜんざい》、おはぎ、下り酒、などが大人気でございます」

「鰻に泥鰌とは酒好きにはたまらぬなあ」

「恐らくはお気に入りなさいましょう」

「早苗母さんの話を聞いただけで、こうして朝餉に向こうているというのに今直ぐにでも食べたくなるのう」

「万治《まんじ》元年（一六五八年）の頃から、雷門の界隈《かいわい》には味のいい店が軒を並べて料理の色色を競《きそ》うようになり、今では大小様様《さまざま》なお店が、特徴のあるお味を楽しませてくれます」

「隅田川から此方《こちら》は下総国《しもうさのくに》……」

「はい、そして向こう側は武蔵国《むさしのくに》。その二つを結んでくれたのが寛文元年（一六六一年）に隅田川に架かった長さ凡《およ》そ九十六間（約百七十三メートル）の反《そ》り橋、両国橋でございます」

「人の流れが大いに変わったであろうな」

「此方も、あちらも、それはもう大層賑《にぎ》わうこととなりました。その賑わい繁《はん》盛《じょう》は一日千両とも二千両とも言われております」

「うむ。それほどの賑わいだ、という事であろうな」

「両国橋を架けた大功労者は、今は亡き酒井讃岐守忠勝様であると、江戸の町民たちなら今もって誰もが知っておりまする」

「そうか、それは知らなんだ。酒井讃岐守忠勝様と申せば、確か明暦二年（一六五六年）三月頃に大老職を辞して隠居なされたが、しかし請《こ》われて幕府最高顧問の地位にて残っておられた筈《はず》の御方《おかた》であるな」

と、政宗は敢《あ》えて少し距離を置いたような言い回しをした。

「はい。なかなかの人格者であると、下町にまで知られている御方であられた、と聞いております。酒井様が御大老を辞されて暫《しばら》く経《た》ったある日のこと、隅田川に是非橋を架けて欲しいという願いが町名主たち連署で御上《おかみ》に上げられたことがあったそうでございます」

「ふうん……それで？」

「当時の将軍家綱様はまだ二十歳《はたち》前のお若さ。けれども隅田川に架ける橋の必要性につきましては充分に認識なされ、可、との判断を示されたとか」

「うむ。道理にかなった立派なご判断であるな」

「ところが老中会議は、隅田川に橋など架ければ江戸城防衛に重大な支障が生じる、との理由で家綱さまの〝可〟の御判断を抑《おさ》え込まれたそうにございます」

「その老中会議を厳しくお叱《しか》りなされたのが、幕府最高顧問の酒井讃岐守忠勝様だそうにございます」

「何とお叱りになられたのであろうな。知っているなら、教えてくれぬか」

「伝え聞くところによりますれば、〝天下幕府は人をもって要害《ようがい》となす。いま江戸の民が大河《たいが》に橋無くして難渋《なんじゅう》するというのに、川の流れの如きをもって城の守りとするなら、いざ鎌倉の場合誰あって防戦できようか。人心《じんしん》知る王道《おうどう》は橋を架け、仁徳なき覇道《はどう》は渡船《とせん》でよしとなそう〟と、お叱りになられたそうにございます」

「〝天下幕府は人をもって要害となす。いま江戸の民が大河に橋無くして難渋するというのに、川の流れの如きをもって城の守りとするなら、いざ鎌倉の場合誰あって防戦できようか。人心知る王道は橋を架け、仁徳なき覇道は渡船でよしとなそう〟か。さすが酒井忠勝様。厳しくもいいお叱り言葉だのう」

「ありそうな事だのう」

「それにより両国橋の架橋工事の準備が急遽《きゅうきょ》始まったそうにございますけれど、明暦三年一月十八日の大火災《だいかさい》には間に合いませず、炎のなか悲鳴をあげ逃げまどう老人、女子供数万の人人が隅田川に身を投じるという大惨事となりました。町の人人は、政治的人災である、と今も申しております」

「酷《ひど》いのう。まこと政治《まつりごと》とは正しく強く機敏《きびん》でなくてはならぬなあ。現実を忘れ理想・綺麗事《きれいごと》のみを重く視《み》、利権を生臭く追い求める政治《まつりごと》は、民を忘れ国を忘れ危機を忘れ、結果、政治《まつりごと》の原理・機能を失って国家破綻《はたん》への道を突き進むであろうからのう。犠牲になるのはいつも、か弱い人人じゃ」

「まことと、その通りかと思いまする」

「うむ」

政宗は、縁側で猫の頭を撫《な》でている幼子二人に目を向け、この子らのためにも家綱将軍には政治に命を賭《と》し頑張って貰いたい、と思うのだった。

京《みやこ》に残してきたテルほか明日塾《あしたじゅく》の、幼い塾生たちの顔が次次と脳裏に浮かんでは消える。

寝転んでいた猫が起き上がり、四肢《しし》を大きく伸ばして欠伸《あくび》をしたので、美代と六助がケラケラと笑った。政宗がはじめて聞く、幼子二人の心の底からの笑い声だった。

明日塾——それは学ぶ機会を与えられぬ貧しい子供らのために、政宗が京《みやこ》で開いた私塾だった。一時は「何を教えるのか」と京都所司代から睨《にら》まれはしたが、今では理解が広がっている。政宗の他、僧、医師、祇園《ぎおん》歌舞伎の大物役者、などが教壇に立つが、時には町役人もこれに加わったりした。テルとは、今この明日塾で最も輝いている、幼女《わらべ》である。

二

政宗、喜世と幼子の四人は、巳《み》ノ刻・昼四ツ頃（午前十時頃）に雷門を目指し深川を発《た》った。木場へは帰りに立ち寄る、という事にして。

発つ前、政宗は玄関先で喜世に、そっと囁《ささや》いた。

「のう喜世。先日も申したが、子供たちの前では早苗母さんでいてくれるな」

「はい」

と、真顔で頷く喜世であった。

「有り難い。早苗母さんがな、誠にいいのだ。表情も話し振りも、立ち居振舞いもな」

「まあ……」

「今日一日でよい。武家の言葉よりも、その方が子供たちにとっても気楽でよかろう」

喜世が、くすりと笑って頷いた。

「よござんす。分造兄さんの前では今日一日、お望みの早苗母さんでいましょうかねえ」

「お、分造兄さんが現われたか。こいつは一層面白い」

「じゃあ分造兄さん、美代の手を引いてやって下さいましな。私はちょいと気弱な六助に気配りしますゆえ」

「判った……美代、この私と歩こうか」

「はい」と答えて美代は自分から、嬉《うれ》しそうに政宗と手をつないだ。

(あ、京《みやこ》に残してきたテルの手と同じ温かさだ……)と、政宗は思った。

明日塾が、正しく機能していることを信じて疑わぬ、政宗であった。

政宗は、明るい晴れた日の下で、はじめて見る江戸下町の光景を楽しんだ。

「京《みやこ》に比べると牛車よりも大八車が多いのう早苗母さん」

「牛車に比べると、小回りが利いて、動きが何かと手早いからでござんすよ」

「どれも確かに、凄《すご》い勢いだのう」

と言った政宗の脇を、車力（大八車を引く人）二人に引かれ押された、農作物を山盛りにした大八車が「ごめんよっ」と走り抜けてゆく。

酒樽を積んだり、穀物を山積みしたり、材木を載せたりの大八車が、家を出て間もない四人の脇を、もう何台走り抜けたことであろうか。

「明暦三年の大火が、あの大八車を流行《はや》らせたのさ。それまでは牛車が殆《ほとん》どだったんだけどね」

「うん。そうと聞いておるよ。大八車を考案したのは、ええと何とか言ったな……」

「大工の八左衛門《はちざえもん》って人。大火の復興で、職人も物資も目が回るように動き回らなきゃならねえのに、牛車でのんびり運んでいる場合かってんで、大八車を考案したとか」

「大工の八左衛門が考案したから、大八車か。うーん、なるほど……」

「あの通り威勢よく飛ばすもので、轢《ひ》かれる人や、落ちた積荷の下敷きになる人が、近頃絶えないんでござんすよ」

「だろうなあ、あの走り様では」

「特に年寄り、子供が危なくってねえ」

「車の差し渡し（直径）が、かなりありそうだから、老人、子供が巻き込まれたら、ひとたまりもないのう」

「車の差し渡しは、大きいもので三尺五寸（約一メートル）、小さいものでも二尺五寸（約七十五センチ）もありますのさ」

「積荷を満載した台の長さは、八尺（約二・四メートル）から九尺（約二・七メートル）はありそうだから、大通りは兎《と》も角《かく》として、手狭な町中《まちなか》を走る場合は速さの加減が必要じゃのう」

「この深川木場一帯を治めている元締《もとじめ》が、地元の有力者を集めて、その辺の事を考えて下さるらしいってんで、あたしたちは期待してんですけどね」

「元締というと、あの肩で風切る態《てい》の隅屋平次郎親分？」

「冗談じゃござんせんよ。あんなの、どこが元締なもんですかね。この広大な深川木場一帯を治めるには、知恵《ちえ》も風格も男前も不足も不足。とても足りたもんじゃありませんよ」

「はははっ。随分と厳しいな」

政宗は喜世が話してくれる、あれが何これが何、の下町案内を楽しんだ。

「両国橋が見えてきましたよ。ほら」

六間堀《ろっけんぼり》に沿った町家が密集する南六間堀町、北六間堀町、北森下町を通り抜けて堀川に出た所で、喜世が左の方角を指差した。

「ほう、あれが両国橋か。雄壮で美しい橋構えだのう」

「隅田川と繋《つな》がっているこの堀川を、竪川《たてかわ》と言うんですよ」

「竪川か、覚えておこう」

「分造兄、あ、いえ……政《まさ》さんは、こちらへ来るときは、両国橋を渡らなかったのでござんすね」

「うん、渡船に頼ってな。これはこれで大層楽しかったが」

「そりゃあそうですよ。隅田の川と言やあ、船で知られた川でござんすからね。御用船《ごようせん》の、お繋ぎ場も目と鼻の先ですよ」

「幕府の御船蔵が隅田川に？」

「はい。両国橋を渡り始めて川下《かわしも》左手を見ますと、大小の御用船が並んでいて、ちょいとした見物《みもの》でございますよ」

「川下左手と言うと、こちら岸だな」

「ええ、そのうち御案内して差し上げましょう。身じろぎもせず、余り間近でじっと眺めていると、水主《かこ》同心（水主は船乗りの意）に怪《あや》しまれますけれどもさ」

「水主同心は御船奉行（船手頭とも）の支配下であったな」

「京《みやこ》の御方《おかた》でありんすのに、政《まさ》さんは御公儀の事を何でもよく御存知でありんすこと」

「うむ、その色町言葉も、早苗母さんには、なかなかよう似合うておる」

「ふふっ、いろいろと覚えて京へお帰んなさいましな」

「そう致そう。その御船奉行だが、若年寄支配であったと思うが違いないか」

「はい、その通りでございます。合戦で騒がしい頃の御船奉行は、徳川水軍の将の御立場であったとかなかったとか。若年寄支配となったのは、確か寛文二年（一六六二年）だと伝え聞いておりますよ」

それにしても桐岡喜世、年若いのに知り過ぎるほどよく知っている、と政宗は思った。

「さ、竪川に架かるこの橋を渡って、向こう岸へ」

「この橋の名も知っておこうか」

「一ツ目橋でござんす。隅田の川から遠くなるに従って、二ツ目橋、三ツ目橋、とね」

「そして、四ツ目橋、五ツ目橋、と？……」

「はい、ござんすよ。途中に新辻橋と言うのがありんすけれども……」

四人は楽し気に語り合いながら、一ツ目橋を渡り始めた。

その橋渡りが、待ち構える次の惨劇へ次第に近付きつつある事を、予想だにもしていない政宗と喜世であった。

一ツ目橋を渡り切った四人は、元町と相生町《あいおい》に挟まれた通りを、そのまま真っ直ぐに進んだ。

「あれは？……寺院のようだが」

歩みを緩めた政宗が、右手前方へ視線をやった。

政宗と手をつないでいた美代が、「回向院《えこういん》……」と、喜世に代わって答えた。

「おう、あれが回向院か。明暦の大火《たいか》で焼死・溺死《できし》した十万八千余人の霊を回向するため建立《こんりゅう》された浄土《じょうど》宗の寺として、京《みやこ》でもようく知られておる」

「本尊は阿弥陀如来《あみだにょらい》で本寺は愛宕下《あたごした》の増上寺《ぞうじょうじ》（徳川将軍家菩提寺）。こうして目に留まったからには、お参りしてやって下さいましな」

「うん、是非ともそうしたい」

四人は、創建されてまだ十二、三年の歴史浅い、しかし無念と悲しみ大きい回向院へと足を向けた。

左手、元町通りの向こうに、両国橋がよく見えている。

「実に大勢の人が橋を渡っているなあ」

「江戸城を守るために、隅田の川には橋は架けぬ、と言い張った御老中たちの考えは、馬鹿みたいでござんしょ。ほら、あれほど大勢の人が仕事や旅で往《い》き来していますのにさ」

と言いつつ喜世が歩みを緩める。

「そうよなあ」

「橋の袂《たもと》の広くなっている通り、あれを火事に備えて広げた広小路と言いましてね、橋を渡った向こう岸西詰からは、もっと広くて立派な両国広小路ってのが伸びていますよ」

「なるほど……それにしても賑わっているのう……」

「今や西詰の両国広小路は江戸随一と言っても言い過ぎでない程の、盛り場でございますよ。芝居小屋、茶屋、物売り、道端《みちばた》芸人などが目立ち始めるなどで、それはそれは楽しい通りでござんしてね。ただ、この一、二年、渡りのごろつき者《もん》が目立つようになり、こっち岸の下町者《もん》も向こう岸の下町者《もん》も、それが頭痛のたねで」

「どのような、ごろつき者《もん》なのだ」

「博徒も少なくござんせんけれど、それよりも厄介なのは、徒党を組んだ浪人たちですよ」

「浪人かあ……天下の素浪人を自認している私としては、耳が痛いなあ」

「隅田の川は、上流の方から下流にかけましてね、荒川《あら》（千住あたり）、隅田川（今戸あたり）、宮戸《みやと》川（向島あたり）、浅草川（浅草あたり）、大川（本所あたり）、と名前がくるくる変わるんですよ」

「ほう、それは面白い。知らなんだ」

「江戸を知るには、御府内《ごふない》（品川、四谷、本所、深川、板橋、千住地区内を言う）に縦横に張り巡らされている水路を知る事でござんすよ。御府内には七十以上もの船着場が、それらの水路に設けられておりますからね」

「広大な御府内の陸《おか》を水路で、人も物資も運べる訳だな。現将軍家綱様の御尽力もあるのであろうなあ」

「それはそうですよう。明暦の大火以降、江戸市中の水路は大変整いましたから、将軍様の御苦労が察せられます。なにしろ、城は川で守る、という古い考えの御大老御老中に取り囲まれておられるようですから」

「着いたあ」

と、美代が政宗の手を小さく揺さぶった。

話す内、四人は回向院の山門前に立っていた。

賑やかな両国橋の目と鼻の先に在《あ》るというのに、山門から向こうはひっそりと静まり返っている。参詣《さんけい》する人の姿も、目に留まらない。

「大火はもう、過去の事となりしか」

政宗は呟《つぶや》いた。

四人は山門を潜《くぐ》って広大な境内に入った。緑豊かだ。

このとき政宗は、喜世の表情がひどく沈んでいることに気付いた。

昨夜、隅屋平次郎親分にかなり飲まされたという、喜世である。

気分でも悪くなったのか……と、思った政宗であったが、さり気なく見守ってやる事とし、言葉には出さなかった。

「立派な寺院だな。無縁《むえん》の御霊《みたま》も安らいでいる事であろう」

「いま深川下町の人人の間で、この境内で勧進《かんじん》相撲を、の声があがっているんですよ」

「勧進相撲か。いいではないか。面白くもある」

「でも、御公儀のお許しが得られそうになくって」

「勧進とは御霊が一層安らぐよう、浄財を集めて寺院に寄付することを意味するのであろう。そのためのお許しが何故下りぬ」

「御公儀は、勧進相撲が大きな争い事に結び付きはしないか、と恐れているようでしてね。なにしろ昨今《さっこん》、江戸市中には諸国から集まる浪人やならず者が目立っているものだから」

「勧進相撲には、確かに利権が絡み付く危険はある。しっかりとした興行元締が采配《さいはい》を振れば、実施出来ぬ事はないと思うがのう」

「御公儀はきっと怖いのでござんしょうねえ。利権絡みの無頼集団が、反幕的な大集団へと変わりゃあしないかと」

「そういう恐れ方は、何をやるにも、さまたげになるなあ」

「ほんに、そうですともさ……」

四人は敷きつめられた白玉石を踏み鳴らしながら参道を奥へ向かった。

途中に蓮《はす》の葉が密生した瓢簞《ひょうたん》形の池があって、

「この池で取れる蓮根は、なかなか美味でござんしてね」

「ほう、味わってみたいものだなあ」

「明暦三年一月に起きた大火で亡くなった人たちを慰める為、毎年一月の十八日に煮しめや雑煮がこの境内で、深川の人たちによって作られ参詣に訪れた人人に振舞われるのですよ。それらの料理に、この池の蓮根がたっぷりと入っていますのさ」

「そうか。皆、亡くなった人たちを思って味わうのであろうな」

「はい。それはそれは、ひどい大火でござんしたからねえ」

「大火の時、早苗母さんは何歳であったのか」

「内緒でござんすよ。言えば歳《とし》がわかってしまいますもの、ふふっ……」

「そうだな。失礼した」と、政宗は小さく苦笑した。

池の畔《ほとり》を過ぎると、参道は一握《ひとにぎ》りほどの貧相な竹藪《たけやぶ》に入って行き、それを抜けると境内は一気に広がって正面に立派な本堂が現われた。

境内には一人の人の姿も見当たらない。

四人は、本堂に歩み寄り、大きめに造られた賽銭箱《さいせんばこ》の前に立った。

「ほら、これをお賽銭箱に入れて、いつものようにお祈りしなさい」

喜世が、六歳の美代と、四歳の六助の手に小銭を握らせた。

政宗は三人の目に留まらぬよう、賽銭箱に一両をそっと入れ落とした。

カチンと鈍い音がして、喜世、美代、六助の三人がそれに続き、四人は手を合わせた。

子供たちのその慣れた様子は、回向院へ訪れるのが初めてではない事を、物語っている。

恐らく機会あるごとに、喜世に連れてきて貰っているのであろう。

祈りを終えて顔を上げた美代が、政宗を見て訊ねた。

「ねえ小父《おじ》さん、お賽銭て何のこと」

「うむ、お賽銭の賽というのはね、神仏の恵《めぐみ》に報《むく》いることを、意味しているのだ」

「ふうん」

「だからこうして寺院へ参詣して、神仏のためにこの箱へ奉納するお金のことを、お賽銭というのだよ」

「わかった。それでこの箱がお賽銭箱ね」

「そうそう」

政宗と美代の話を、目を細めて見守る喜世であった。

「さて、それでは楽しみの両国橋を渡るとしようか」

「はい。せっかくここまで来たのですから政《まさ》さん、裏山門も知っておいて下さいましな」

「わかった」

「境内の北側に掘割がござんしてね、それに架かるお詣《まい》り橋、つまり裏山門を渡って出ますのさ」

喜世はそう言うと、六助の手を引き、先に立って歩き出した。

政宗が美代の手を引き、その後に従う。

四人は鬱蒼《うっそう》とした静かな林の中へ入って行った。

頭上で野鳥がうるさく囀《さえず》っている。

この時、前を行く喜世の足が止まった。ビクッとしたような止まりかただった。

政宗は喜世の普通でない様子に、すぐに気づいて、彼女の前へ回り込むかたちを取った。

裏山門への小道は硬い赤土で、少し先のところで緩く右へ逸《そ》れており、そこで妙な光景が生じていた。

「早苗母さん、子供たちを連れて両国橋袂《たもと》で待っていておくれ」

「はい」

普通でない、と喜世も察知したのか、二人の幼子の手を引いて踵《きびす》を返した。

政宗は四、五間先の、その妙な光景を見守った。

身形《みなり》の良い若侍二人を伴った中年の武士が、商家の番頭・手代・丁稚《でっち》風の五人と向き合って、いや、向き合ってというよりは対峙《たいじ》していた。

しかも、番頭風たち五人の右手は、何かを取り出そうとでもするかのように、懐へ入っている。そして腰には、短《みじか》めの刀。

双方、微塵《みじん》の動きも見せない。

「如何《いかが》なされた」

と、政宗は穏《おだ》やかに声をかけた。

その言葉がみなまで終るか終らぬあたりで、商人風五人のうちの二人がくるりと体の向きを変え腰の刀に手を移した。

いや、他の三人の右手も、刀に移った。

政宗に向きを変えた四つの目が尋常ではない。鋭いというよりは、挑みかかってくるような目付きであった。

「こ奴ら……」

政宗が、ぽつりと呟く。即座に、(町人ではない……)と見破った政宗であった。

「ただの喧嘩《けんか》よ。去《さ》らんかい」

政宗を睨《にら》みつける丁稚風二人の内の一人が、淀《よど》んだ低い声を発した。丁稚風という人相風体と、その声が合っていない。

政宗が、ジリッと間を詰めると、丁稚風二人の腰が身構えるように僅《わず》かに下がった。両足先が、やや内に向いている。剣術家の足先にしては、著《いちじる》しく不自然。

(忍びか……)と、政宗は思った。

「ご助勢、助かり申す。ここに御《おわ》す御方《おかた》は……」

身形整う中年の武士を左右から挟むようにして、護《まも》り立ちしている若侍の小柄な方が、不意に大声を発した。

「よさぬか」

直後に中年の武士の厳しい声が飛んで、若侍は声を引いた。

それを聞き流し、政宗が更に間を詰める。

「殺《や》れっ」

中年の武士に正対《せいたい》していた番頭風が命じるのと、商人風五人の体が花が開くように双方向へ散るのとが同時であった。

明らかに〝刺客〟としての動き。

このときすでに政宗の体は、右手を栗田口久国の柄《つか》に触れ、上体を前方へ低く倒すようにして、閃光《せんこう》のように地を蹴《け》っていた。

一瞬であった。

粟田口久国が鞘《さや》を離《はな》れ、一人目の股間《こかん》から這《は》い上がるように地から天へと直線的に走り、返す切っ先が放たれた矢のように伸びて二人目の首筋を叩くのが、ほとんど同時。

「あっ」「うっ」と呻《うめ》きを発して、二人が背中から赤土の道へ倒れかかる。

政宗の動きは、それでも止まっていなかった。赤土の道へ倒れかかる二人の間を突き破るようにして小石を飛ばし疾走。

まさしく〝疾走〟であった。

だがしかし、次の一瞬を整えるには間があり過ぎた。政宗といえども神の業《わざ》は持ち合わせていない。中年の武士を護ろうとする若侍二人が、なんと抜刀半ばでアッという間に斬り倒され、刺客三本の凶刃が、残った中年の武士へ刃を集中させた。

その瞬間、粟田口久国の切っ先が、右端の刺客の後ろ肩にかろうじて届いて翻《ひるがえ》る。

後ろ肩口から左背中にかけてをザクリと裂かれて、刺客がもんどり打って横転。その体が、中年の武士の眉間《みけん》に凶刃を振り下ろした番頭風に、激突した。横へ殴り倒すようにして斬った、銘刀粟田口久国切っ先三寸の、凄《すさ》まじい斬れ味・打撃力だった。

斬られた者が殴られたように倒れる。これが政宗の刀法である。

凶刃を振り下ろした番頭風がよろめき、刃の先が中年の武士から逸《そ》れたとき、政宗にも予期できていなかった事態が生じた。

中年の武士がようやく抜刀した時、「ご助勢……」と叫びざま飛び込んで来た者があったのだ。

このとき中年の武士に対する番頭風の第二撃は、信じられないような速さで再び始まっており、風を切り鳴らしたその刃を、「ご助勢」なる者が見事に受けた。

ガチンと鋼《はがね》のぶつかり合う凄い音。明るい空の下、はっきりと火花が散った。

その僅かに生じた〝余裕〟を見逃す政宗ではない。

粟田口久国の切っ先三寸が、残ったもう一人の刺客に向かって、矢のように突っ込んだ。それこそ、矢のように！

上体を反らせて逃れようとした刺客の左胸を、粟田口久国の切っ先三寸が左回りを見せて抉《えぐ》り、そのまま凄まじい速さで貫通する。

刺客が呻き声一つ立てず、二間《けん》近くも弾《はじ》け飛び、木立に背中をぶっつけ、反動で前へ叩きつけられた。

襲われた恐怖で震え上がっていなければならない筈の中年の武士が、政宗の一見〝静《せい》〟にしか見えない、その激烈な刀法に、茫然《ぼうぜん》となって目を見張った。

政宗の右手少しの所で、「ご助勢」なる者と番頭風が二合、三合、また二合、三合とそれこそ目に見えぬ勢いで打ち合っている。

「こちらへ……」と政宗が左手で小さく手招き表情で促すと、中年の武士はハッとしたように我を取り戻し少し慌て気味に、政宗の背後へ走り込んだ。

驚いたことに政宗は、粟田口久国を鞘に戻し、目の前の激しい打ち合いを涼しい目つきで眺めた。

「ご助勢」なる者が小手、小手、面、面と打ち込み、刺客が退《さ》がらずそれを巧《たく》みに受け、上体を左へ振ると見せかけて右へ回り込みざま踏み込み、「ご助勢」なる者の右肩へ打ち込んだ。

その直前、政宗の口から「回せっ」の、鋭いひと声が飛んだ。

「ご助勢」なる者が、左足を前方深くに滑らせるや、上体を沈めざま刀を左から右へと回転させた。ヒュッという鋭い音。

渾身《こんしん》の力で振り回した事が、見る者にはっきりと判った。

が、刺客の切っ先も、「ご助勢」なる者の肩に達していた。

刺客はしかし、口を大きく開けて無言のままのけぞり、刀の柄から手を離して仰向《あおむ》けにゆっくりと地に沈んだ。

ドサリという音が、全ての終りを告げた。

「ご助勢」なる者は、苦し気に呼吸を乱し、そのうえ歯を打ち鳴らしていた。まだ二十一、二歳の年若い侍であった。

「せ、先生」

「ご助勢」なる者の口から政宗に向かって、意外な言葉が出た。

助かった中年の武士が「ん？」という顔つきとなり、政宗が優しい笑顔をつくった。

「こ、この体の震え……な、なんとかして下さい先生」

「久し振りだのう辻平内《つじへいない》。よくやった」

「そ、それよりも、か、体の震えを……」

「震えは己れよりも勝《まさ》る敵を倒した証《あかし》じゃ。充分に味わうがよい」

「そ、そんな無茶な先生……」

「肩から血が滲《にじ》んでおる。どれ、見せてみなさい」

「だ、大丈夫だと自分で判ります。たいした事はありません。は、早く体の震えを先生……」

「心配するな。それよりも実に思いがけない所で出会うたものじゃ。嬉しいぞ」

「あのう……」と、中年の武士が青ざめた表情癒《い》えぬまま、政宗の背後から遠慮がちに声をかけた。

「………」

政宗が黙って振り向いた。

「助かり申した。この通り感謝いたす」

中年の武士はほぼ直立の姿勢のまま、小さく頭を下げた。政宗を真正の浪人と見たのであろうが、硬い口調とその態度に、反《そ》り気味の気位の高さを覗《のぞ》かせている。

「供の御二人、残念でありました」

「日頃から、武士は余程の場合でないと、刀を抜いてはならぬ、と厳しく申し渡してありましたゆえ」

「なるほど、それで供の御二人は闘うを躊躇《ちゅうちょ》なされたか」

「哀れなことを致した……」

「侍は常に、異常に対し素早く対応できる気構えを、心静かに備えておらねばなりませぬ。いつの場合も」

「は、はあ……」

「それを強く抑《おさ》える教えを日頃より申し渡しておられたのであらば、いっその事、丸腰を命じられたが、お宜しかった」

「こ、これは手厳しい……」

「侍が腰に二刀を帯びるということは、武人であることを証するものであって、世のため人のために正しく用いるという、義務を背負わされてござる」

「た、確かに……」

「ま、只者とは思えぬ刺客でありましたゆえ、余程に剣の達者でなければ太刀打ちできなかったでありましょうが」

「寺院の境内を血で汚したる事については、某《それがし》より寺社奉行にきちんと報告説明の責任を果たしておきまする。恐れながら、お名前を聞かせて下され」

と、中年武士の話し方が、硬さが取れて物柔らかとなった。

「お許し下さい。私は天下自由の素浪人。この場の処置をお受け下さるなら、このまま消えさせて下され」

「な、なれど……」

「辻平内、肩の手当ても必要じゃ。ついて来るか」

「参りますとも……」

「それでは失礼を……」

政宗は、中年の武士に向かって綺麗に腰を折ると、踵《きびす》を返し、裏山門ではなく、表山門へやや足早に歩き出した。

「お待ちあれ」

中年の武士が追うことなく右手を前へ出すようにして、言葉を続けた。

「ならば是非とも近日、小石川《こいしかわ》御門前の我が上屋敷を訪ねて下さらぬか。命危うき所を救われたる者として、このままお別れ致すは、余りに心苦しゅうござる。某《それがし》の名は徳川光国《みつくに》」

とんでもない名が武士の口から出て、さすがに政宗と辻平内の足がとまった。

二人は振り向き、そして政宗が穏やかに訊ねた。

「いま徳川光国様の御名《おんな》が耳に入りましたが、どうやら聞き誤りではないと」

「いかにも。常陸水戸《ひたちみと》藩二十八万石の藩主、徳川光国でござる」

「これはまた、驚き申した」

政宗は特に歩み寄ることもなく、徳川御三家（尾張・紀州・水戸）の一つ、常陸水戸藩主徳川光国四十二歳（光圀と名が替わるのは五十代後半になってから）の顔を見つめた。

辻平内は少し困惑の顔つきだった。が、恐れ入ってはいない。

徳川光国の方から、政宗との間を縮めた。

「この場での長居は貴殿に迷惑が及び申そう。住職に言うて寺社や町方の役人を急ぎ呼ばねばならぬ。それゆえ後日、必ず上屋敷を訪ねて戴きたい。お願い致す。必ず来て下され」

今度は深目に丁重に、頭を下げた徳川光国であった。

「この私になんぞ打ち明けたき事でも?……」

「左様。是非とも聞いて戴きたい事が」

「私は身分素姓知れぬ素浪人でありまするぞ。大事な事を打ち明けたはいいが、後日になって後悔なさるような事態に……」

「いや」と、首を横に振って政宗の言葉を遮ると、政宗の目の奥を覗《のぞ》き込むような様子で付け加えた。

「素浪人と仰《おっしゃ》るが……あ、いや、素浪人で結構。なにとぞ近い内に足を運んで下さらぬか。この光国、心からお待ち申し上げたい」

「判り申した。お約束致しましょう」

「有り難や……」

「それでは、これにて失礼つかまつる」

政宗は辻平内を促して、徳川光国から離れた。

この辻平内。昨年までは京《みやこ》で剣術修行に打ち込んでいた。そこで政宗と知り合う仲となり、政宗の勧めで、高柳早苗が女将《おかみ》の祇園の料亭「胡蝶」で一時期、下働きをし生活の糧《かて》を得ていた事がある。むろん、幕府の隠密機関云々《うんぬん》とは全く関係ない立場でだ。辻平内はのちに無外流剣法の流祖都治月丹資茂《つじげったんすけもち》(号は無外)として世に知られる大剣客となり、府中《ふちゅう》の大國魂神社《おおくにたま》(東京・府中市宮町に実在)と深い拘《かか》わりを持つようになるのであったが、さしもの政宗もこのときは、それ程までに大成するとは思ってもいない。

その辻平内が早口で言った。

「まさか水戸藩主に、出会うことになろうとは……驚きました」

「意外な出会いというのは、よくあることだ。気にし過ぎることはない」

「先生をこの江戸でお見かけするなど、これも意外と言うほかございません。いつ参られたのでございまするか」

「それより肩の傷を見せてみなさい」

「大丈夫ですよう先生。平気ですよう」

いきなり甘えたような口調になる、まだ若い辻平内だった。

「いいから、見せなさい」

政宗は表山門の手前で足を止め、辻平内の右肩を診《み》た。

心配するほどの傷ではなかった。薄皮一枚が長さ二寸ほどにわたって切られている程度であった。番頭風刺客の凶刃に引く力が加わる、まさにその寸前、辻平内の刃が相手の胴を激しく深深と薙《な》ぎ払ったのであろう。

手練《しゅれん》の業《わざ》であった。

「うん。幾日もせぬうちに傷口は塞《ふさ》がるだろう。しかし、僅かの差で、命を落としていたところであったぞ」

政宗は辻平内の肩口から胸元にかけての着物の乱れをそっと直してやった。

「先生の〝回せっ〟のひと声、はっきりと聞こえておりました。あのひと声がなければ、私はあるいは肩を割られていたやも知れませぬ」

「うむ。だがな、力量は京《みやこ》にいた頃よりも格段に上がっておった」

「有り難うございます。先生ほどの大剣客にそう言って戴けますと、自信が湧いて参ります」

「あのなあ平内。以前から言っているように、その〝先生〟はやめてくれぬか」

「やめませぬ。私にとって先生は先生でありまするゆえ」

「仕方のない奴だなあ」と、政宗は苦笑した。

「それにしても先生は、どうして江戸へ？」

「歩きながら話そうか」

政宗は辻平内を促して、山門の外へと出た。

「実はな、京《みやこ》のさる女性の遺骨を、この江戸の菩提寺《ぼだいじ》へ納めに来たのだ」

「さる女性の遺骨？……ご親族か誰かの、でございますか」

「私の親族は、江戸にはおらぬ」

「失礼いたしました。そう言えば私は、先生の御立場などに関してはまだ詳しくは存じ上げないのでした。お許し下さい」

「聞いて驚くかも知れぬが、そなたもよく知っておる女性だ」

「私のよく知っている女性？……」

怪訝《けげん》な表情をつくった辻平内であったが、直ぐにハッとなって見る見る硬い顔つきとなった。

「先生……まさか」

「うむ。花街祇園《はなまちぎおん》の料理茶屋、胡蝶の女将、高柳早苗の遺骨だ」

「げっ」

大きな衝撃を受けて、のけ反り立ち止まる辻平内であった。

真っ青な顔の色となっている。

「冗、冗談でございましょう先生。冗談でございますよね」

「冗談で言える事ではない。真実《まこと》だ」

「そ、そんな……冗談であると申して下され先生、冗談であると」

「あとで菩提寺について教えるゆえ、詣《まい》ってやってくれ。平内の顔を見れば早苗の霊もきっと喜ぶであろう」

「あの美しい女将が……遺骨となって江戸を訪れるなど……私には、とうてい受け入れられませぬ」

「そなたの気持はよく判るが、事実は曲《ま》げようもない」

「一体何があったと申されるのですか先生。あの美しい女将が、どのような理由《わけ》あって悲しい結果となったのでございますか」

「平内は、それを知らずともよい」

「承知できませぬ」

「知る必要はない」

政宗が、親しい相手に向かっては滅多《めった》に見せることのない、射るような鋭い眼差《まなざ》しで、辻平内を睨みつけた。

平内はうなだれ、そして嗚咽《おえつ》を漏らし始めた。

「ひどいですよう先生。ひどい話ですよう」

「そうだな。ひどい話だ。だが、現実を受け入れてくれ平内」

政宗は「よしよし……」という風に平内の背に手を回し、軽く擦《さす》ってやった。

まだ若い背中であった。

高柳早苗が政宗に対し強い慕情を抱いている、と知らぬ辻平内が「先生、私、胡蝶の女将を是非とも妻に……」と打ち明けてから、どれ程が経《た》ったであろうか。

自分の願いが叶《かな》わぬ、と気付いて悄気《しょげ》返る辻平内に、政宗は言葉やさしく言ったものだった。

「平内よ。天下へ目を向けよ。そして剣と人間に磨きをかけよ。手厳しく手厳しく磨いてみよ。お前にはその方が似合っている」

「武者修行の旅に出よ、と申されまするか」

「江戸はどうだ。将軍の膝元には錚錚《そうそう》たる剣客が大勢いる。その中で揉《も》まれ苦労を味わってみよ。お前の剣筋はな、一つの流儀を誕生させるかも知れない、と私は見ている」

そう諭《さと》されて単身江戸へ出て来た、若き剣士辻平内であった。

「ところで……」と、政宗は歩き出した。

「平内は現在、どこに住居《すまい》を構えているのだ。それに何故、回向院のあの場所にいきなり現われたのだ」

「江戸へ来てからは、両国橋の向こう袂《たもと》から程近い、一刀流多端道元《たばたどうげん》先生の道場に、寄宿させて戴いております」

「そうか」

「門弟三十人ほどの小さな道場でありますが、道元先生は山口流剣法をも心得ておられ、一刀流と合わせて一生懸命に修行させて戴いております」

「それは何よりだな。平内の剣の腕は、確かに一段と上がっておった」

「その御言葉、真《ま》に受けて宜しゅうございますよね」

「よいとも……」

「嬉しゅうございます。回向院へは月に一度の月命日《つきめいにち》に、こうして詣るように致しております。まさか、あのような場面に出喰《でくわ》すとは予想もしておりませんでした」

「月命日？……」

「はい。道元先生は十三年前の明暦の大火で、妻子を亡くされておりまして」

「そうであったか。お気の毒にのう」

「先生は、何年経っても辛《つら》い、と申されて菩提寺へも回向院へも足を向けようとなさいませんので、せめて私がと……」

「うむ。その心を忘れるでないぞ平内。強いばかりでは剣の上達はいずれ止まろうからな」

「はい」

頷く平内を見て、この男はまだまだ伸びる、と思う政宗だった。

その平内が、間《ま》もなく治らぬ病《やまい》を発するとは、さすがの政宗も予想できていなかった。

三

両国橋の袂の商家の角で待っていた喜世と二人の幼子の前で、政宗が立ち止まると、辻平内は政宗の横を二、三歩行き過ぎてから気付いて、やはり足を止めた。

「平内、引き合わせようか」

「は？」

「私が江戸に入って何かと世話になっている、この深川では顔利《き》きの姐さんだ」

言われてようやく、商家の角から一、二歩あゆみ出た喜世に気付いた、辻平内であった。

「はじめてお目にかかります。早苗でございます」

と、綺麗に腰を折った喜世は、

「それから、この子が美代、弟の方が六助」と、幼子二人を続けて平内に紹介した。

「あ、こ、これはどうも……」

早苗と聞いて辻平内は慌て気味に軽く頭を下げた。早苗という因縁の名に驚き、加えて喜世の美しさに横っ面《つら》を張られたのであろうか。早くも顔を赤らめ、喜世を見る目を大きく見開いている。

「おい平内。きちんと名乗らぬか。早苗姐さんに礼を失すると、この深川を満足に歩けぬぞ」

「いやですよう政さん。なんですねえ」

喜世は小さく腰をひねると右手の先で、ツンと政宗の上腕部を突《つっ》いた。

尊敬する松平政宗が〝政さん〟に変わっていることを知って、辻平内は一層のこと顔を赤らめ、端整な〝早苗〟の顔を見つめた。

「ま、政さん?……」

ほとんど我を忘れている。

仕方なく政宗が横から口を挟んだ。

「この若侍は辻平内と申してな、京《みやこ》で私の身近にいた者だ。明るく快活で正直な善人だが、一方で美しい女性《おなご》に情を揺らせやすい、という弱さも併せ持っておる」

「あら……」と、喜世がわざとらしく驚いて見せ、辻平内が「困りますよう先生」と口をとがらせたが、目の前の美しい女性から視線を外そうとはしない。吸いつきそうな目つきだ。

「もはや貴女《そなた》に情を揺らせておるような熱い目つきをしておるが、これでも剣を取らせると、何流の目録程度を相手にしても、引けはとらぬ腕でな」

「へええ……」

「歩こう」

「はい」

政宗は美代の手を引き、喜世は六助の手を取って、人の往き来で賑わう両国橋を渡り出した。

その後に黙って従う辻平内は、時に触れ合いそうになる政宗と喜世の肩先を、恨《うら》めしそうな顔つきで気にした。

「賑やかな、いい橋だのう。それに眺めもいい。川の流れも随分と澄んでいて綺麗ではないか」

「江戸には万治二年（一六五九年）に奈良から江戸入りした鍵屋弥兵衛《かぎややへえ》という花火

師がおりましてね。一昨年《おととし》の夏はこの両国橋を挟《はさ》むようにして威勢よく打ち上げられたんでござんすけれど、昨年からは〝地方の飢饉《ききん》が落ち着くまで派手《はで》は控えよ〟との御公儀のお達しで……」

「確かに、江戸は斯様《かよう》に活気を見せておるが、地方では飢饉で深刻なところも少なくないからのう」

「ほら政さん、川面《かわも》を御覧なさいましな」

「数えるのが面倒なほどの、大きな船、小さな船。絵になるいい眺めではないか」

「隅田の川と言えば船、船と言えば隅田の川でござんすよ。この船、船、船が打ち上げ花火にそれはそれは、よく似合いましてねえ」

「うむ、そうであろうな」

「ところで政さん……」

両国橋を渡り切った辺りで、喜世の声が急に低くなった。

「回向院での思いがけない出来事。何だったのでござんす?」

「あれは片付いた」と、政宗も声を小さくした。

「片付いた？」

「早苗……いや、早苗姐さんは気にせずともよい」

「一緒に回向院詣りをしておきながら、気にせずともよい、は無いでござんしょ。深川の姐さんを軽く見ないで下さいましな」

と、喜世の声が一層小さくなる。

「おいおい。幼い子の前ではないか」

「だったら難《むつか》しい侍言葉で、話して下さればよござんす」

「何故そう向きになるのだ」

「お二人の若侍を従えておられたのは、確か水戸の御殿様でござんしょ」

「存じておったのか。水戸の殿様を」

「回向院詣りで、時にお見かけするお顔でしてね。そのうち人伝《ひとづて》で徳川光国様らしいと判ったのでござんすよ」

「う、うむ……」と、政宗は口をつぐんだが、しかしそれは、ほんの短い間に過ぎなかった。

「喜世は信頼できそうだのう。わかった、話して聞かせよう」

「はい」と喜世は、政宗に肩を寄せた。

「やむを得ず斬って捨てた」

「え？」

「水戸藩主を襲った五名の刺客は、斬って捨てたと申しておるのだ。四名は私が、一名は後ろにいる辻平内がな」

「徳川光国様が襲われなされたのですか」

「そうだ」

「暗殺？」

「子細は判らぬ。あとの処置は、殿様にお任せした」

「なんと恐ろしいこと……徳川御三家の一つ、水戸の御殿様が襲われるとは」

「残念だが、御主君を守らんとした二人の供侍が犠牲となった」

「手練《てだれ》を供としておられなかったのでござんすね」

「手練であったのかも知れぬが、侍は滅多《めった》な事では刀を抜いてはならぬ、というのが殿様の強い方針であったらしい」

「なんとひどい、それでは供をする侍は、たまったものじゃござんせんね」

「安穏《あんのん》とした空気に、どっぷりと長く浸《ひた》っているとな、いざという場合に頭も体も動かぬものなのだ。殿様も家臣もな」

「日頃の気構えが大事でありますね」

「その国を預かる殿様や重臣に、外界《がいかい》の変化に即座に対応できる確固たる考えや信念が常に備わっているかどうか。それがその国の明暗を分けるであろうな」

「そうですねえ。本当にそう思いますよ。私なんぞ、一介の深川の姐さんに過ぎませんけどさ」

「判るか」

「判りますとも」

こっくりと頷く喜世に、小さく頷いて応じた政宗が、思い出したように足を止めて振り向いた。

「平内、そなた一刀流多端道場へ戻らずともよいのか」

「先生はこれから何処へ参られるのでしょうか」

「早苗姐さんにな、浅草は駒形町《こまがた》角《かど》(現在の雷門二丁目辺り)へ案内《あない》して貰うのだ。昼間からやっている酒と泥鰌鍋《どじょうなべ》の旨《うま》い老舗《しにせ》の居酒屋料亭へな」

「浅草は駒形町角の昼間からやっている老舗の居酒屋料亭?……それってもしや、浅草駒形亭、ではございませぬか」

「存じておるのか」

「名の知れた泥鰌鍋《どじょうなべ》の旨い店ですよう。これでも私は江戸は先生より遥かに長《なご》うございますからね」

四

「ほう、この店か。なかなかによい建物じゃなあ」

政宗は、宝形土蔵造りの駒形堂（浅草寺本尊出現の霊地。現存）そばで足を止めて、見上げた。目の前に、「浅草駒形亭」の見事な彫《ほ》り看板を軒上に掲《かか》げた古いどっしりとした古風な二階建があった。

「明暦の大火を逃れた、この辺りでは唯一の建物なんですよ」

喜世が政宗に軽く寄り添うようにして言った。

「そうか。その意味でも大切な縁起の良い建物だな」

「はい。それはもう」

「二階の座敷からの眺めは見事であろうに」

「隅田の流れは直ぐ裏手。ですから流れを上る船、下る船などが絵のようで」

「入ろう。空いておれば二階の座敷がいいのう」

「はい」

暖簾《のれん》をゆっくりと押し分けて賑《にぎ》わう店内に入った政宗の動きが、また止まった。

奥から「いらっしゃいませ」と明るい声。

正面の〝囲《かこ》い白壁《しらかべ》〟に誰が書いたのか、

『酒を買い簾《すだれ》を捲《ま》いて　月を邀《むか》えて酔う
酔中　剣を払《はら》えば　光　月を射る
往往　悲歌して　独《ひと》り流涕《りゅうてい》す』

と流れるように秀逸な筆跡《ひっせき》の大きな軸掛物《じくかけもの》がある。

その軸掛物を政宗が余りにもじっと見つめるものだから、辻平内が後ろから「先生」と、そっと声を掛けた。

政宗は平内の目を見て言った。

「平内は、ときどきこの店の旨いもんを味わいに、訪れるのであったな」

「はい、十日に一度くらいは」

「剣術が皆伝の域に達しつつある貴方《そなた》、あの見事な書体を何と見るか」

「え？」

「何も感じぬと言うか」

「いいえ、あのう……」

「まだ修行が足りぬな。あの書体は学問のみならず、武術も相当な高位に達した者によるものぞ」

「あ……」

「特に〝酒〟および〝酔中〟の文字には、剣術皆伝者でさえ読み切れそうにない鋭く静かな気迫《きはく》が、大きな厚い優《やさ》しさで包《つつ》まれておる。見抜けぬのか」

「おう。言われてみれば……み、見えてきました……た、確かに」

「恐らく余程に心眼《しんがん》を研《みが》かれし、文武の御大人《ごたいじん》の筆であろう。ようく心に刻んでおくがよい」

「はい。判りました」

「何事も油断なく精神《こころ》平静にして眺め、そして読み切る。いつ何時《なんどき》といえども剣法修行者はこれを忘れてはならぬ」

「はい」

店の奥で、寛文模様の着流しに前垂《まえだ》れ、という姿が品《ひん》よく似合っている女将らしい女性と話し合っていた喜世が、六助の手を引き引き政宗の傍《そば》に戻って来た。

「二階の御座敷、ひと部屋あいておりましたよ」

「それは有り難い。どれ、六助、二階まで抱っこしてやろうぞ」

政宗が幼い六助に両手を伸ばそうとするのを、喜世は「駄目でありんす」と小声でやんわりと制した。そして、

「六助は男の子。階段は自分で上がらせて下さいましな」

と、付け加えた。

政宗は苦笑して頷き、「どうぞ……」と促す女将らしい女性の後に従った。

よいしょ、よいしょ、と六助の声が後ろからついてくる。

二階に上がって一番奥の座敷に入った女将らしい寛文模様の着流しの女《ひと》が、青畳敷きの床を少し軋《きし》ませて摺《す》り足で渡り、障子四枚を引き開けた。

続いて座敷に入った政宗の目に、隅田の流れと往き交う大船小船、向こう岸からずっと広がる町家や武家屋敷、田畑などが一望であった。

「これはまるで、素晴らしい絵の展《ひろ》がりじゃ。これを眺めながらの食事は、たまらぬであろうなあ」

政宗はそう言って目を細め、脳裏に京の鴨川《かもがわ》を思い浮かべた。明日塾の子供たちの顔も、次から次へと脳裏をよぎる。

(会いたいのう、子供たちに……)

と、遠いまなざしに、ふっとなる政宗だった。

「いかがなされましたか政《まさ》さん」

喜世が政宗と肩を並べ、耳元で囁《ささや》いた。女将らしいひとが微笑みながら、政宗から少し離れる。

「うむ、余りにもよい眺めなのでな」

「皆、座についておりますのよ」

「そうか……」

政宗は頷いて体の向きを変え、六助と美代の間に腰を下ろした。

「先生、軽く一杯やりませぬか。私が奢《おご》ります」

にこにこ顔の女将らしいひとに、今まさに注文しようとする身構えの辻平内だった。表情に若い力《りき》みが輝いている。

「うーん、平内が奢ってくれると申すか」

「はい、多少は持っておりまするゆえ」

「よし、わかった。今日は平内の厚意に甘えるとしよう。但《ただ》し、幼い子供の前だ、顔酔いせぬ程度に軽くであるぞ」

「心得ております」

平内が、女将らしいひとを交え喜世と食事の相談を始めたので、政宗はまた隅田の流れの向こうへ視線を移した。

（母上はお元気であろうか……）

京・紅葉《もみじ》屋敷に残してきた母を想い、申し訳ない気持に陥る政宗だった。

「小父ちゃん」

六助の小さな手が、政宗の膝を叩いた。

「ん？　どうした」

「何を考えてるの」

「すまぬ、すまぬ、どれ、抱っこさせておくれ」

政宗は六助の小さな体を膝の上にのせ、そして立ち上がった。

喜世が口元に微かな笑みを見せ、「もう……」という眼差《まなざ》しを、チラリと政宗に流す。

「いい景色だろ、六助」

「うん」

「六助は大きくなったら、何になりたいのだ」

「あれ」

六助が、隅田の川面を指差した。ちょうど荷を山積みにした大型の川船が流れを下っていた。

「ほほう、船大工……船を造る人になりたいのか」

「ううん」と、六助は首を横に振った。

「大きな船の船頭さんになりたい」

「おう、船頭さんになりたいか。大きな船の船頭さんになって、何処か遠くへ旅するのかな」

「旅しない」

「ん？」

「お米とかね、野菜をいっぱい積んで、困ってる人に無代《ただ》で配るの」

「六助、お前……えらいぞ」

政宗は六助の頰に、自分の頰を押し当てた。

京・明日塾のテルの顔が目の前に現われては消えた。

今日《こんにち》の**武家権力の社会**は、貧しく幼い子供たちや弱者たちに対して、一体何をしてやってくれているのか、と政宗は思った。自身への厳しい問いでもあった。

弱者から苛酷《かこく》な税を毟《むし》り取《と》って、『**自分たちだけが豪奢《ごうしゃ》な生活をしている武士・貴族などの権力層**』に対し、政宗は静かな嫌悪感を**激しく**抱いている。

「それじゃあ直ぐに用意をして参ります」

女将らしいひとが、座敷から出ていった。このとき襖《ふすま》で仕切られた隣の座敷で男たちの高笑いがあった。「何を申しておる」とか「もっと飲まぬか」といった言葉遣いから、恐らく侍たちなのであろう。

と、腰付障子の外で、「失礼いたします」と声があって、店女中《たなじょちゅう》が茶を運んできた。

延暦《えんりゃく》二十四年（八〇五年）に僧・最澄《さいちょう》によって中国からもたらされた茶は、その後（一一〇〇年代おわり）、僧・栄西《えいさい》や明恵《みょうえ》らによって特定階層の間に更に広められ、また、さきごろ大坂界隈に茶仲間とか茶問屋なるものが現われ出した事により、庶民茶《しょみんちゃ》がしっかりと流行《はや》り出していた。

第六章

一

老舗《しにせ》「浅草駒形亭」の料理や甘味《かんみ》の美味《おい》しさを味わった政宗ら五人が、浅草寺界隈《かいわい》の散策を楽しんで両国橋を渡り戻った頃には、夕刻というにはまだ少し間《ま》があった。

それでも西の空から日がゆっくりと落ち始めていた。

「楽しかったかな、美代」

「はい。とても楽しかった」

橋の袂《たもと》で立ち止まった政宗は、美代の返事に「そうか」と頷《うなず》いて頭をそっと撫《な》でてやった。

政宗は、食事をしながらの雑談で、この場所で四人とは別れる事になっていた。

「お教えした道すじ、間違えちゃあ駄目でござんすよ」

喜世に言われて「大丈夫だ」と答えた政宗は、

「もう逆の方角を行くことはない。回向院や浅草寺を訪ねて、東西南北を体が覚えたゆえな」

と静かに笑った。

笑って辻平内を見た表情が、すぐに真顔となる。

「では平内。早苗母さん、いや……姐さんと子供たちを、しっかり家までお送りしなさい。お送りしたなら、速《すみや》かに一刀流多端道場へ戻ることだ。宜《よろ》しいな」

「任せて下さい。確かにお引き受け致しました」

「多端道元先生には、私も一度お目にかかりたい。いずれお訪ねするので、そのむね先生にお伝えしておいてくれぬか。丁重にな」

「心得ました」

「それから回向院での出来事は、自分の胸にしまっておきなさい。絶対に誰にも聞かせてはならぬ。いいな」

「お約束いたします」

「それでは早苗姐さんと子供たちを頼む」

「また近日、お目にかかれるのでございましょうね先生。勝手に京《みやこ》へ戻ったりはなさらないで下さいよ」

「それはない。さ、行きなさい」

政宗は辻平内を促し、美代の小さな手を彼の手に預けた。

喜世が、すうっと政宗の顔に自分の顔を近付けた。

微笑んでいる。

「また道を逆方角にお間違えなさったなら、早苗姐さんの家へお戻りになればよござんすから」

「いや、そうならぬように、注意はする」

「注意するなんぞ、やぼってもんですよ。亥《い》ノ刻（午後十時頃）でも子《ね》ノ刻（午前零時頃）でもご遠慮なく。ふふっ……」

喜世は妖《あや》しい含み笑いを政宗の耳そばでこぼすと、六助の手を引いて政宗から離れた。

「小父《おじ》さん、また何処《どこ》かへ連れてって下さいね」

美代が小指を差し出した。政宗はニコニコしながら「うん、必ずな」と美代の小指に自分の小指を絡めながら、（この子の父親は一体誰なのであろうか……）と思わず胸を痛めるのだった。

四人の後ろ姿が竪川に架かった一ツ目橋を渡って、商家の角に消えるまで、政宗は身じろぎもせず見送った。

実は、政宗は少し前から、己れに向けられている視線を感じていた。一人ではなかったし、二人でもないと思われた。ともかく複数の者の視線であることには、間違いなかった。

しかし、不穏な気配は今のところ伝わってこない。

(私を見守ろうとする柳生の忍びか……それとも幕府の?)

政宗は、ふっと口元に小さな笑いを浮かべて歩き出した。

ゆったりとした足取りで四半刻《しはんとき》(三十分前後)も歩かぬ内に、駕籠《かご》屋の角を折れて政宗の足が止まった。東の空には、うっすらとだが夕焼けが広がり出している。

「ほう、あれか……」

と、政宗の表情が目を細めてやわらかくなる。

まだまだ人の往き来が杜絶《とだ》えていない下町通りは一町《ちょう》ほど先(百十メートルくらい)で突き当たり、東と西に分かれていたが、その突き当たりに〝伝次郎〟と染め抜いた大暖簾《おおのれん》を下げた堂堂たる構えの二階家があった。

その二階家こそ、これから政宗が訪ねようとする深川木場の総元締「本所伝次郎一家」であった。

頭《かしら》――若親分――仙太郎の下に、居合《いあい》の五郎造《ごろぞう》、韋駄天《いだてん》の政《まさ》、柔《やわら》の三平《さんぺい》ら一騎当千の並代貸《ならびだいがし》・六人衆を揃《そろ》え、その六人が仕切る配下の数は百を超えている。

まさに押しも押されもせぬ木場の、いや本所深川の大元締だった。

うっすらと夕焼け色に染まった通りを歩いて本所伝次郎一家へ近付いていった政宗は、半町ばかり手前左手にある、小さな菓子屋の前で足を止めた。

板葺《いたぶき》屋根の小綺麗《こぎれい》な構えで、軒に「かし屋」の木彫りの看板をあげている。店を入ったところに長床几《ながしょうぎ》を二つ並べただけの、簡素な店であった。板葺屋根は古かったが、木彫り看板や長床几、それに店の表構えなどはまだ真新しい。

客の姿は全く無い。

政宗は、店の名が染め抜かれていない短めの暖簾を潜《くぐ》って、店の中へ入っていった。

「いらっしゃいまし」と、土間の奥暖簾を左右に開いて、三十前後に見える内儀らしい女が、笑顔で直ぐに現われた。

「手土産《てみやげ》に、菓子を包んで貰《もら》いたいのだが、何があるのかな」

「この深川屋の一番の自慢は、練羊羹《ねりようかん》でございますけれど」

「ほう、深川屋というのか、この店は」

「左様でございます。一昨日、この下町通りに店を開かせて戴《いただ》きましたばかりで」

と、内儀らしい女は、柔和《にゅうわ》な笑みを絶やさない。

「なるほど一昨日か。それで木彫り看板も長床几も暖簾も新しいのだな」

「はい。まだ用意万端《ばんたん》整うまでにはいっておりませんが、御贔屓《ごひいき》のほど宜しく御願い致します。わたくし、内儀の幾乃《いくの》と申します」

「余計な事だが、あまり深川女の鉄火な印象がないのう。そなたには」

「はあ。主人もわたくしも品川《しながわ》生れの品川育ちでございまして、本所伝次郎一家の頭《かしら》の御世話で、ここに店を開くことが出来ましたような訳で」

「そうか。伝次郎一家の頭《かしら》の世話でな」

と、政宗の端整な顔に、嬉《うれ》しそうな笑みが広がった。

「では練羊羹をな、手土産になるよう適当に包んでくれぬか」

「量はお任せ下さいますか」

「任せるが、八、九人の手土産くらいには、なるようにな」

「承知致しました。いま御茶を淹《い》れますゆえ、ひと切れ御試《ため》し下さいませ。さ、床几にどうぞお掛けなさいまして」

「いや、味わうのは、あとの楽しみにしておこう。訪ねる先は、先程お内儀が申した直ぐ其処《そこ》の、本所伝次郎一家なのでな」

「まあ、さようでございましたか。では急ぎ用意を致しましょう。少しお待ち下さいませ」

「うん」と頷《うなず》いて、政宗はにこやかに床几に腰を下ろした。

この時になって政宗は、ほの甘い香りが店に漂っているのに気付いた。強すぎない甘みを感じさせる香りに、（これはいける……）と楽しみになってきた政宗だった。

羊羹は、鎌倉室町時代には小豆《あずき》を原料として蒸す方法で、すでに作られていた。甘み付けは主として二種類あって、一つは甘葛《あまずら》（アマチャヅルの一種）で甘み付けしたもの、もう一つは非常に高価な砂糖（輸入もの）を用いたもの、だった。

そして江戸時代に入ると、小豆と寒天を合わせた練羊羹が作られるようになる。

「お待たせ致しました」

内儀の幾乃が、深川屋と染め抜いた紺の風呂敷包みを手に、奥暖簾の向こうから出て来た。

「この程度で足りましょうか。伝次郎一家には元気な若い衆が多うございますけれど」

「うむ、充分だな。で、幾らかな」

「いいえ、お代は結構でございます。伝次郎一家をお訪ねのお客様から、お代を頂戴《ちょうだい》する訳には参りませぬ」

「そういう商《あきな》いの仕方はよくないのう。頭《かしら》の仙太郎も決して喜びはしないだろう」

「あのう……」と、幾乃の表情が少し不安そうになった。政宗が、頭《かしら》の仙太郎、とサラリと口に出したからであろうか。

政宗は風呂敷包みを受け取ると、幾乃の手にさり気なく一両を摑《つか》ませた。

「あ、幾ら何でも、こんなには……」

一両小判と判って幾乃は慌てた。

「頭《かしら》の仙太郎の尽力で開いた深川屋ならば、私も無縁ではおれぬよ。開店を祝う気持も入っているから、遠慮なく受け取っておきなさい」

「め、めっそうも……一両などとは」

「いいから……また来よう」

と言い残して、政宗は深川屋を出た。

幾乃は店の外まで小走りに追ったが、それ以上は近付けなかった。よく似合っている着流しの後ろ姿に、とても浪人とは思えぬものを感じ取っていた。だが、それが何であるのか幾乃には、よくは判らなかった。なんとなく近付き難《がた》い雰囲気、と形容する他なかった。

ただ、腰の二刀はどうやら並の刀ではない、とは捉《とら》えていた。素人のしかも女の目ではあっても、柄《つか》や鍔《つば》が見せている重厚感と品位は只の刀ではない、つまりかなりの名刀であろうと幾乃には想像できた。あくまで想像だ。

「ありがとうございました」

幾乃はハッと気付いたように、遠ざかってゆく政宗の後ろ姿に向かって、丁重に頭を下げた。

政宗は〝伝次郎〟と染め抜かれた大暖簾の前で立ち止まった。

格子窓を濡《ぬ》れ雑巾《ぞうきん》で拭《ふ》いていた十七、八と思える若い衆が、訝《いぶか》し気に政宗を見たが、風で揺れる大暖簾が直ぐにその顔を隠してしまった。

政宗が大暖簾を半歩潜ると、雑巾を持つ若い衆の手の動きが止まった。

「仙太郎は元気に致しておるか」

政宗は穏やかに微笑みつつ訊《たず》ねた。

「仙……誰でえ手前《てめえ》は」

頭《かしら》の名をいきなり呼び捨てにされてムッときたのか、格子窓から離れた若い衆の目つきが険《けわ》しくなった。

「あ、これはすまぬ……」と、気付いた政宗が「頭《かしら》を訪ねて参ったのだが」と言い改めたが、若い衆は目つきを緩めなかった。

「だから手前《てめえ》は誰だと訊ねているんだ」

「私は政宗……頭《かしら》に、そう伝えてくれれば、判ると思うのだが」

「どこの政宗なんでえ。素浪人でも姓くれえはあるだろうが」

と、若い衆は語気強く譲らない。

「うるせえな。一体何事《いってえ》だ」

土間で野太い声がしたかと思うと、六分開きだった夕焼け色の表障子が勢いよく左右に開いて、下顎《あご》に小さな創痕《きずあと》が二つある二十五、六の男が、しかめっ面《つら》で現われた。

若い衆の肩が一気に縮まる。

「へい兄貴。この三一《さんぴん》野郎が、わしらの大事な頭《かしら》のことを仙太郎などと、呼び捨てにしやがったもんで」

「なにいっ」

と、二十五、六の男もしかめっ面のまま、政宗に向き直った。

「いや、すまぬ。親しみの余り、ついな……」

「御浪人さんは、何処のどなた様でいらっしゃるんで」

と、さすが若い衆から兄貴と呼ばれるだけあって、言葉遣いは多少できている。

が、面相は今にも摑みかかってきそうな気配だった。

「私は松平政宗。故《ゆえ》あって伝次郎一家の頭《かしら》を、少し見知っておるのだが」

「松平と申しやすと、将軍家の御親族すじの？」

「将軍家とは全く無関係な松平なのだが」

「じゃあ、偽《にせ》の松平でござんすね」

「うーん、偽という訳でもないのだが」

と、政宗はつい、苦笑《にがわら》いをしてしまうのだった。

「なにが、おかしいんで。浪人の分際で、図図《ずうずう》しく松平の姓を名乗るなんざあ、悪質この上もねえ」

「困ったのう」

「困るのは、こちとらでえ。松平の旦那。お前さん、まさか島抜けなどの科人《とがにん》じゃあねえだろうな」

「おいおい……」

政宗が矢張り苦笑いをしながら、顔の前で左手を軽く横に振ったとき、表通りから大暖簾の内側へ小駈けに駈け込んで来た者があった。

三度笠に道中合羽、腰に長脇差《どす》を差し込んだ、三十にはまだ手が届いていないと判る日焼けした若い男だった。

それまで政宗と向き合っていた二人の態度が、豹変《ひょうへん》した。「あ、お帰りなさいまし兄貴」と黄色い声を出すなり、深深と頭を下げ腰を折った。

「おい。間《ま》もなく、お着きだ。皆、疲れていなさる。足湯の用意を怠《おこた》るな」

「へ、へい」

道中合羽は政宗を気にもかけず言い残して、広い土間へ入ってゆき、そのまま右手奥への通路を抜けて、夕焼けで赤く染まった庭へと出ていった。かなり急いでいる風だった。

「おい、邪魔だ。もういいから何処《どこ》へでも行きねえ」

政宗を訊問《じんもん》していた二人が、睨《にら》みつけるようにして、慌て気味に土間へと駈け込んだ。

「はて？」と、政宗は小さく首をひねった。

訳あり気に急ぎ足で夕焼け色の内庭《うちにわ》へと消えていった道中合羽は、「間もなく、お着きだ」と言い残していた。

誰が着くというのであろうか、と思いながら表通りへと出た政宗は、その場から十数間《けん》ばかり離れて見守る事とした。

そのうち、伝次郎一家から次次と男たちが現われて、大暖簾を背に並び出した。濃さを増した夕焼け空が彼らの顔を、酒を飲んだように赤く見せている。

見たところどうやら、その雰囲気からして伝次郎一家の上位にある者たちらしかった。

政宗には、そうと見当がついた。が、先程の不機嫌に訊問した二人はいない。まだ下っ端なのであろうか。

そうこうするうち、政宗は、あることに気付いた。商家、町家の前あるいは角に、なんとなく気後れした様子というか、遠慮がちに若い娘たちが立ち始めたのだ。

やがて赤い空の下の通り――深川屋の前の――の向こうに、三度笠に道中合羽、長脇差《どす》を腰に差し込んだ男たちが現われ、伝次郎一家の前に居並ぶ男どもの表情に、明らかに緊張が走った。

すると、商家、町家の前や角に、目立たぬよう立っていた若い女たちが両手を胸の前で合わせるなど表情がはなやいだ。

「なるほど……」

と政宗は微笑み頷いた。

道中合羽の男たちが足早に、次第に伝次郎一家に近付いてくる。

その数、六名。

と、一家の表口に身じろぎもせず居並んでいた男どもが一斉《いっせい》に、腰を折った。

無言だ。

しかし双方の間が三、四間ほど（六、七メートルくらい）になったとき、表口に居並ぶ男どもの内の一人、背丈ある頑丈そうな体つきの男が「お帰りなさいやし」と野太い声を発し、続いて他の者たちが「お疲れ様でございやした」と一斉に声を揃えた。

道中合羽六人衆は、それには応えず一気に間を詰め、先頭の男が長脇差を腰から取って、出迎えの一人に手渡そうとした。

手渡そうとしながら、その視線が何気なく政宗の方に流れる。

まさに、何気なくであった。

「あっ」

男が小声を出して、棒立ち状態となった。

「あっ」に一瞬驚いたのか、あとに続く男たち五人の右手が、ほとんど反射的と言っていい速さで長脇差《どす》の柄《つか》に触れ身構えた。鍛え抜かれた防禦《ぼうぎょ》本能、反撃本能なのであろうか。

そして彼ら五人の視線もまた、政宗を捉えた。

「ああっ」

彼らも最初の「あっ」に勝《まさ》る叫びを口にしたため、事情が判らぬ出迎えの衆たちが思わず、うろたえる。

六人衆は脱兎《だっと》の如《ごと》く、それこそ脱兎の如く政宗の前に駈け寄った。

「お、お殿様……」

それぞれが同じ言葉を口にするなり、腰の長脇差を取って道中合羽の内側、背《せ》筋《すじ》に回しつつ地に片膝《かたひざ》ついた。

「元気そうで何よりだな、居合の五郎造」

「へ、へい。この通りでござんす。ようこそ……ようこそお殿様、この深川に……お顔をお見せ下さいやした」

六人衆の先頭にあった眼光鋭い男が、なんと涙声であった。

「韋駄天《いだてん》の政も変わりはないか」

「は、はい。お殿様も……お変わりなく」

と、こちらも涙声になりかけている。顔はくしゃくしゃであった。

「柔《やわら》の三平、柔術の鍛錬、欠かさずやっておるか」

「お殿様……私のような者の……名を覚えて……覚えていて下さいやしたか」

と、こちらは、もう泣いて大粒の涙であった。

「当たり前だ。忘れる訳がなかろう。槍《やり》の二三郎《にさぶろう》、木場《きば》の段平《だんぺい》、それに鍛冶師《かじし》吾兵衛《へえ》、顔も名も皆よう覚えておる」

あとは暫《しばら》く言葉にならぬ、無言の対面であった。政宗は一人一人と目を合わせて、微笑みながら静かに頷き、六人衆は嗚咽《おえつ》を押し殺してそれに頷き返すのだった。

離れて見守っていた若い娘たちは、何が何だか訳がわからなかったが、それでも着流しの只者とは思えぬ侍と、その前で片膝つく道中合羽の伊達《だて》男たちの姿に見とれた。

少し経って思い出したように、居合の五郎造が表口の方を振り向いた。

「業平《なりひら》の仁吉《にきち》、こっちへ来ねえ」

「へいっ」と腰を折って応じたのは、六人衆を「お帰りなさいやし」の野太い声で出迎えた、背丈ある頑丈そうな体つきの男だった。

業平の仁吉は、居合の五郎造と並ぶ位置に、正座をした。

「お殿様……」

と、居合の五郎造が、業平の仁吉の肩に手を置いて、言葉を続ける。

「京《みやこ》のお殿様には、江戸一番の俠客《きょうかく》と言われた、幡随院長兵衛《ばんずいいんちょうべえ》の名を御存知ないとは存じやすが……」

「なあに、存じておる」

「えっ」

「三千石の大身《たいしん》旗本で旗本奴《やっこ》の大小神祇《じんぎ》組の首領と言われた、水野十郎左衛門《みずのじゅうろうざえもん》成之《なりゆき》との諍《いさか》いにより、大火ありし年、明暦三年の七月十八日に、水野邸内で暗殺された男伊達《おとこだて》の俠客であろう」

「これは驚きやした。江戸の俠客の生き死にまで、京《みやこ》に伝わるものでございますか」

「うむ、伝わる。ま、俠客にもよるがな」

「ここに控えておりやすのは業平の仁吉と申しやして、その男伊達《おとこだて》幡随院長兵衛の忘れ形見二十六歳でございやす」

「ほう……それはまた」

「縁あって本所伝次郎一家に拾われて鍛えあげられ、先月の初め念流道場より折紙を与えられやしたのを機に、仙太郎頭《かしら》が名実共に七人衆から退《ひ》きやして頭《かしら》としての仕事に専念することとなり、代わってこの仁吉が七人衆つまり並代貸《ならびだいがし》の一人に取り立てられやした」

「そうか。業平の仁吉、並代貸となると責任が重くなるのう」

「は、はい」と、額が地に触れるほど平伏する、業平の仁吉であった。目の前の着流しの侍が何者であるか知らなかったが、なにしろ伝次郎一家の六人衆が威儀を正し、目に涙まで浮かべているのだ。

「おい仁吉、お殿様に足湯を使って戴く。用意は出来ているのか」

韋駄天の政に訊《き》かれて、ようやく顔を上げる仁吉だった。

「出来ております。お連れ様があった場合に備えて、余裕をもって水桶《みずおけ》、いや湯桶を整えております」

と、きちんとした喋《しゃべ》り方であった。上下関係が余程に厳しいのであろうか。

「じゃあ仙太郎頭《かしら》に、京のお殿様をご案内します、と急ぎ伝えてきねえ」

「あの、どちらのお殿様と言えば……」

「韋駄天の政がそう言っている、とお伝えすりゃあ仙太郎頭《かしら》はお判りなさる。ごちゃごちゃ言わずに、早う腰を上げんかい」

「は、はい」

業平の仁吉が、すっ飛ぶように身を翻《ひるがえ》すと、居合の五郎造がクスリと笑って
「お陰様で、力強い、いい並代貸がまた一人増えましてございやす」と、政宗に向かって告げた。

政宗が、にこりと頷き、韋駄天の政が「さ、お殿様どうぞ……」と促して、六人衆はようやく腰を上げた。

政宗が、恐縮する韋駄天の政の手に、深川屋の手土産を手渡した。

その光景を遠目で見守る娘たちは、身じろぎもしない。

誰を対象としてなのか、「ふう……」と溜息《ためいき》を吐《つ》く娘も一人や二人ではなかっ

た。

二

梁《はり》に掛けられた防火行灯《あんどん》の明りが点《とも》る渡り廊下を、真っ直ぐに進んで右に折れると、三部屋《みへや》続きの離れがあった。

一番奥の部屋は障子が閉じられていたが、手前の二部屋は開け放たれ、中仕切りの襖《ふすま》が取り払われて、大広間となっていた。

大行灯の明りが、小さく揺れている。

案内《あない》した居合の五郎造が、その大広間の数歩手前で「お殿様を御案内致しやしてございます」と告げつつ二、三歩進んでから、廊下に正座をした。

「おう、お越し下されたか」と大広間で声があって、正座する居合の五郎造の脇を抜けて、政宗が大広間の前に立つよりも先に、その声の主が廊下に現われた。

頭《かしら》の仙太郎であった。

「こ、これは……ま、まさしく、お殿様」と、仙太郎が廊下に正座して両手をつき、「お懐《なつ》かしゅう、お懐かしゅうございやす」と声を震わせた。

政宗は、仙太郎の前に腰を下げると、「仙太郎、また一段と貫禄《かんろく》に研《みが》きがかかったなあ」と、彼の肩に両手を置いて、目を細めた。

「め、滅相《めっそう》も……本当に、お懐かしゅうございます」

「さほど長年月が経った訳ではないのに、まことに懐かしい。京で命を賭《か》けた激しい出来事に立ち向かって乗り越えたゆえ、余計に懐かしく感じるのであろう」

「その節はとうてい言葉に言い表せぬ、大変な御助勢を頂戴いたしました。どのように感謝の言葉をこの場で申し上げて宜《よろ》しいのか、この不《ぶ》調法者、不《ふ》勉強者には見つかりやせん。どうか勘弁《かんべん》してやっておくんなさいまし、お殿様」

と、仙太郎は廊下に額《ひたい》をこすり付けた。

「なあに仙太郎、いまの言葉こそ、何よりの貫禄ぞ。さすがに頭《かしら》じゃ。だからな、居合の五郎造も、韋駄天の政も、柔の三平も皆、たいした目つき面構えにと、更《さら》に大きくなっておるわ」

「恐れ多いことでございます」

と顔を上げた頭《かしら》仙太郎の両目から、涙がこぼれ落ちた。

「頭《かしら》……」

政宗の背後から、居合の五郎造が言葉を続けた。

「お殿様に、早く楽《らく》にして戴きやせんと」

「お、これは失礼いたしました。さ、お殿様。先代から引き継いだかたちの離れで、あちこち綻《ほころ》びも目立ちますが、女房《かかあ》が毎日大事に清《きよ》めて（掃除して）くれている座敷でございます。ともかくも、楽になすっておくんなさいやし。さ、どうぞ……」

「そうか。では……」

政宗は仙太郎に促されて座敷に入ると、すでに座布団が敷かれている上座を選ばず、石灯籠《いしどうろう》が点されている庭を横に眺める位置に腰を下ろした。

それが招かれた座敷へ入った時の、いつもの政宗流であった。

「あ、お殿様。そちらではなく、どうか上座にお座りなさって下さいまし」

「いや、此処《ここ》でよい。庭がよく見える」

「七人衆の他に主だった配下の者十五、六人を並べて是非にも紹介させて戴きたく存じやす。お殿様にそこへ座られますると、そのう、どうにも座のかたちが整いませぬので、なにとぞ」

「うむ、なら仕方がないか」

政宗が微笑みながら上座へ移ると、仙太郎が居合の五郎造に向かって「頼む……」と言葉短く告げ、五郎造が「承知しやした」と退《さ》がった。

政宗は仙太郎と目を合わせ口を開いた。

「余計なことを訊《き》くようだがな頭《かしら》……」

「お殿様、出来れば仙太郎とお呼び下さいまし」

「うむ、では仙太郎」

「はい」

「さきほど居合の五郎造ら六人衆が、腰に長脇差《どす》の旅姿で戻って来たが、何処か遠くへ出かけていたのかな」

「その通りでございます。実は、この深川木場へ、山からの切り出し木材を納めておりやす地方の二、三の業者の間で、利権に絡む血腥《なまぐさ》い騒ぎがございまして、死人が少なからず出たものでございますもので……」

「その仲裁《ちゅうさい》にか、大変な役割だのう」

「好んで自ら出かけた訳じゃございません。作事奉行ご支配下にあります材木奉行成澤精之助高行《なりさわせいのすけたかゆき》様に命じられ、動いたような訳でございまして」

「奉行職が直接乗り出さなかったのだな」

「あまり大きな声では申せませんが、荒くれ七、八十人がぶつかり合う騒動と知って、御役目方《おやくめがた》は腰が引けたのでござんしょう。なにしろ気の荒い山場《やまば》でございますから」

「なんとまあ……侍もそこまで地に落ちた世になってしもうたか」

「もし自ら乗り出して鎮《しず》められなければ切腹もの、と考え怯《おび》えたのではないでしょうか。ま、お殿様だから申し上げられる事でございまして」

「で、その血腥い騒動というのは？」

「へい。お陰様で、出向かせた六人衆と伝令役一人の計七人は、傷一つ受けることなく、騒ぎを鎮めることが出来ましてございます」

「それは何よりじゃ。仙太郎の名が、騒動の地にまで聞こえていたことが役立ったのであろう」

「め、滅相《めっそう》も……」

「ところで両親《ふたおや》の徳兵衛《とくべえ》と梅代《うめよ》は如何《いかが》致しておる。京《みやこ》の春栄堂《しゅんえいどう》を力量ある番頭、手代に任せて、江戸の孫の顔を見たら直ぐに戻る、と旅立ったきり未だ京《みやこ》へ戻って来ないのだが」

「誠に申し訳ございません。両親《ふたおや》は今、日本橋室町《むろまち》に春栄堂日本橋店を出しまして、元気に商《あきな》いをやらせて貰っております」

「仙太郎や孫から離れられなくなってか……」

「ど、どうも、そのようでありまして……はい」

「ははは。やはり親だなあ。それで京《みやこ》の春栄堂の番頭も手代も、私の問い掛けに、しどろもどろ逃げるような受け答えしか出来なかったのか」

「もう孫をこの上もなく可愛がりまして……本当に申し訳ございません」

「よかったではないか。それが血の通った者同士の、自然なありようじゃ。老いても気骨ある春栄堂徳兵衛も、気丈で知られた内儀の梅代も、孫の可愛さには勝てなかった訳だ」

「そ、その通りでございますようで」

「はははっ、めでたい。この政宗、そうと知って安心いたした。では明日にでも日本橋室町へ足を向けてみよう」

「ありがとうございやす。お殿様のお顔を拝見致しましたら、親父も御袋も、どれほど喜びますることか」

「で、日本橋店は繁盛いたしておるのか」

「へい。なにしろ商い上手な親父と御袋のことでございますし、元元は江戸で商売いたしておりやしたから、お陰様で色色な方面のご支援もあって大繁盛いたしております」

「ほう、大繁盛とは、尚《なお》の事《こと》、めでたい」

「今では、水戸様ほか御大名家へも出入りを許されていますようでして……」

「なに、御三家の一つ、水戸様へとな……」

と、政宗の表情から、一瞬ふっと笑みが消えたが、仙太郎は気付かない。

「お殿様、日本橋店へ参りましたら是非とも、私《あっし》の娘の小春《こはる》と女房にも声を掛けてやって下さいまし」

「うん？　妻子は日本橋におるのか」

「へい、困った事に両親《ふたおや》が手放さないものでござんすから、月のうち半分は向こうへ取られておるような次第でございまして」

と、苦笑する仙太郎であった。

「そうであったか。孫娘も嫁も余程に可愛いのであろう。よかったのう仙太郎、この政宗、大安心《だい》じゃ」

「お殿様の、あっしたちに対する御力添えが招いた幸せでござんす。この御恩、仙太郎は生涯忘れるものじゃござんせん」

「娘の小春は確か……」

「四歳になりましてございます。女房は二十五でして」

「四歳か。可愛い盛りだ」

「目に入れても痛くない、と申しやすか、そりゃあもう……」

「さっそく明日にでも訪ねてみよう。徳兵衛も梅代も私の顔を見れば、さぞや驚くであろうなあ」

「お訪ね下さいますか。それじゃあ今から、日本橋へ小者《こもの》を走らせやす」

「いや、ぶらりと不意に訪ねてみたい。少し意地悪であるがな、徳兵衛と梅代を驚かせてみたい。ははは」

「は、はあ。判りましてございます」

と、仙太郎も目を細めて破顔した。

小者や下働きの女たちの手で、座敷へ膳や料理が運ばれ出した。

「お殿様が江戸入りなされたのは、いつでございやすか」

「まだ、二、三日しか経っておらぬよ」

「あ、お殿様、それは水臭《みずくそ》うございます。どうして江戸入り一番に此処をお訪ね……」

「ま、そう言うな仙太郎。私は私なりの用もあって江戸入りしたのだ。北町奉行所事件取締方筆頭同心の常森源治郎と、目明し〝鉤縄の得〟にも出会うたぞ」

「そうでございましたか、常森様と鉤縄の親分とは、ここんところ私は会っておりませんでして」

「色色と忙しそうであったよ」

「そうでございましょうとも。昨今、この御府内《ごふない》（品川、四谷、本所、深川、板橋、千住地区内を言う）に於《お》きやしては、奇っ怪な事件が続発しているものでして」

「らしいのう」

「私ども下下《しもじも》の者には噂としてしか判りやせんが、何でも凄腕《すごうで》の浪人集団とか盗賊とやらが、小大名屋敷や小旗本屋敷を次次と襲っていると言いやす」

「うむ」

「本所深川界隈《かいわい》にも侍屋敷は少のうございませんが、幸い今日までのところ事件は起きていませんで」

「恐らく、強い力を有しておる本所伝次郎一家が睨《にら》みを利《き》かせておるゆえ、下手人輩《げしゅにんばら》もこの界隈へは、さすがに近付けぬのであろうよ」

「木場で怖《こわ》いのは付け火でございます。伝次郎一家では三人一組を十組ばかり設《もう》けまして、戌《いぬ》ノ刻（午後八時頃）から子《ね》ノ刻（午前零時頃）にかけて本所深川界隈を何組かごと交替で見回っておりやす」

「左様か、それはいい事をしておるな。しかし素手に拍子木だけで若《も》し凶悪な集団に出会うと、一家に犠牲が出る恐れもあるぞ。その点、充分に気を付けねばな」

「はい。幸い伝次郎一家は、ゴタゴタに立ち向かう時に限っては長脇差《どす》を腰に帯びてよし、と御奉行所より御許し状を頂戴致しておりやすので」

「必ず見回りに出る者、皆に持たせ、万が一の場合、見回っている者同士で急を告げ合えるように致しております」

「呼び子は？」

「行き届いておるな。さすが仙太郎じゃ」

話し合っている内に、大広間に膳が並び揃って、七人衆をはじめ一家の主だった十数人が腰低く、やや遠慮がちに静かに入ってきた。

その十数人が、先ず政宗に紹介された。

政宗については、「一家にとって、この上もなく大切な御方《おかた》」という言葉で、頭《かしら》の口から彼らに伝えられた。如何《いか》なる理由で一家が政宗を知ることになったかについては、抜きであった。

それが頭《かしら》仙太郎の、政宗に対する細《こま》やかな配慮であった。仙太郎と六人衆は、北町奉行所事件取締方筆頭同心、常森源治郎から「絶対に御無礼があっちゃあならねえ御方《おかた》と心得ておきねえ」と告げられている。

また京《みやこ》で春栄堂を営《いとな》む両親《ふたおや》の徳兵衛と梅代からも「間違いなく、止《や》ん事《ごと》無《な》きお血筋の御方」とも言われている。

それゆえの、政宗に対する仙太郎の細やかな配慮であった。踏み込み過ぎちゃあならねえ、と自分を戒《いまし》めていた。

この本所伝次郎一家の先代の頭《かしら》は、滝口《たきぐち》流居合術の剣客片盛清吾郎《かたもりせいごろう》と、その配下の潮鳴《しおな》りの岩松《いわまつ》に殺害されていた。下手人二人は江戸から京へと逃亡し、その後を仙太郎と六人衆が追った。昨年の事だ。だが仇の一人は本格剣法を心得た剣客片盛清吾郎である。その清吾郎を叩き斬ったのが、政宗であった。それが政宗と本所伝次郎一家の交流のはじまりである。

宴が、なごやかに始まった。料理は質素なものであった。牛蒡《ごぼう》、大根、南瓜《かぼちゃ》、茄子《なす》など野菜の煮物がほとんどで、それに奴豆腐《やっこどうふ》に似たものが付いていた。

牛蒡や大根の歴史は極めて古いが、南瓜が「大丈夫かいな」と恐る恐る人の口に入るようになったのは本所伝次郎一家の頃で、ここから十年と少し下がる頃には「こいつあ旨《うま》い」と、次第次第に人気となっていく。

「お殿様……」と、隣に座る仙太郎が自分の膳にのった徳利《とくり》を政宗に差し出し、

「いつまで江戸に御滞在なされますにしろ、この仕舞屋《しもたや》を宿として下さいましょうね。必ずでございますよ」

「いや、できれば御府内の寺社を転転とするなど、自由気儘《きまま》の身でいたいのじゃ」

「そんな無茶を仰《おっしゃ》らねえで下さいまし。そのような事が日本橋の両親《ふたおや》の耳に入りましたら、それこそ大きな灸《きゅう》を据《す》えられます」

「ははは、灸をのう」

と笑って政宗は、盃《さかずき》に満たされた酒を静かに口に運んだ。

「ともかく今宵《こよい》ひと晩は、すまぬが世話になりたい。明日の事は明日、明後日《あさって》の事は明後日だ。な、そうしてくれ」

「は、はあ」

と、仙太郎は困り顔をつくった。

そこへ居合の五郎造が自分の徳利を手にやってきて、政宗の前に正座をし、仙太郎と目を合わせて小声で言った。

「頭《かしら》。明日から江戸市中を見て回りなさいますお殿様に、あっしと韋駄天の政の二人を、お供に付けて戴きとうございやすが」

「おう、そうだな。お前《めえ》と韋駄天の政は、江戸市中に特に詳しい。いかがでございましょう、お殿様。二人を供にしてやって下さいませんか。さすれば、頭《かしら》としてのこの仙太郎も少しは安心できやす」

「気持は大変うれしいが、一人がよい。一人でのんびりとしたいのじゃ」

「でもありましょうが……」

しかし政宗は「一人がよい」と、仙太郎と居合の五郎造を納得させた。

政宗は、自分に対し再び刃を向けて来る正体不明の集団が現われ、その難儀が本所伝次郎一家に及ぶことを恐れているのであった。

「ところで仙太郎」

と、政宗が真顔をつくると、気をきかせた居合の五郎造は、深目に頭を下げて政宗の前から離れた。

「はい」と仙太郎も真顔になって、上体を少しばかり政宗の方へ斜めにした。

「ここから然程《さほど》遠くない寺院の門前町に、大層な料理茶屋で近江屋っていうのがあるらしいのだが」

「おや、お殿様は近江屋を御存知でございやしたか」

「いやなに、近江屋という名前だけしか知らぬのだが、仙太郎はよく利用しなさるのか」

「今の私《あっし》は、飲むわ遊ぶわで通う事などありやせんが、木場《きば》組合や町内会の寄合《よりあい》では大体、近江屋を使っておるようで」

「その料理茶屋へ通い勤《つと》める早苗という小意気な姐《ねえ》さんと、ちょっとした縁で知り合うことになったのだが、仙太郎はこの女性《ひと》のことを……」

「ようく存じておりやす。そうですか、早苗姐さんと、お知り合いに」

頷《うなず》きつつ声を低め、少し眉間《みけん》に皺《しわ》を刻む仙太郎であった。

「何か訳がありそうだの仙太郎。早苗姐さんの身の上には……」

「へい」

「聞かせてはくれぬか。なかなかの女性《ひと》だが、何か影を引き摺《ず》っているな、と私も感じておるのだ」

「矢張りお殿様。その通りでございます。早苗という名前は、近江屋勤めで用いております源氏名でござりやして、実の名は桐岡喜世様と申されやす」

「桐岡喜世のう……武家だな」

すでに知ってはいたが、政宗は小さく頷いて見せた。

仙太郎の声が、更に低くなる。

「はい。お父君は桐岡喜之介と申されやして、江戸城本丸檜《ひのき》の間詰の小十人組《こじゅうにんぐみ》に属しやす三百石の直参お旗本。両国橋を渡って神田川《かんだがわ》沿いに和泉橋《いずみばし》近くまで行った大和町《やまとちょう》辺りに、桐岡家のお屋敷が……あっと、申し訳ござんせん。神田川だの和泉橋だの大和町だの、まだ御存知ではございませんでしたね」

「構わぬ、続けてくれ」

「では、話の筋《すじ》を流し易《やす》いよう、通り名や地名《な》は付けさせて戴きやす。で、桐岡喜之介様でございますが、一昨年の春に亡くなられ、それによりお旗本桐岡家は消滅いたしましして」

「消滅？……お家断絶の処分を受けた、という事なのか？」

「へ、へい」

「何があったと言うのだ。家督を相続する男子はいなかったのか」

「喜世様には念流の心得ある三つ年上の兄上様がおられたのでござんすが、この兄上様もお父君と同じ日に、同じ場所にて亡くなられやして……」

「なんと……」

「辻斬《つじぎ》りに遭われやしたのでございます」

「辻斬り……」

「お父君喜之介様は、小十人組でも一刀流の達者として知られた御人《おひと》でございましたそうで、それが刀の鯉口《こいぐち》も切らずに袈裟《けさ》斬りにされた上、首を切り落とされ、……兄上様の方も、ほぼ同じような有様《ありさま》であったそうで」

「なんて事だ」

「私《あっし》がいま申し上げました事は〝本所深川界隈の治安に強い関心を抱いて貰いたい〟と木場奉行様から申し渡されやした際に、併せて聞かされた事でございます」

「木場奉行は何故、桐岡家の災難だけを仙太郎に打ち明けたのだ。同じような事件は他の小大名、小旗本に対しても生じていようが」

「その頃すでに、喜世様は御屋敷を失ってこの深川に流れ棲《す》むようになっておりましたもので、木場奉行様が何かと心配なされ」

「そうであったか」

「詳しくは存じ上げませんが、桐岡喜之介様と木場奉行様はなんでも一刀流道場のお仲間であったらしゅうございます」

「うむ。剣の仲間としては、友の死とその家の没落は、断腸《だんちょう》の思いであったことだろうな」

「喜世様はその後、つとめて明るく生きてゆこうとなされておりますようです。あの美しさゆえ、あちらこちらから是非、嫁に後添《のちぞ》いに、と声が掛かりますようで」

「幼子二人を養うておるようだが、あれは何を意味するのかな」

「この深川に棲《す》むようになってから、もう幾人もの身寄りのない子の面倒を見ては、後見人となって大店《おおだな》へ奉公に出したり致しております」

「ほう、それはまた……」

「本所伝次郎一家としても黙って見ている訳には参りませぬので、何かあれば力になりますゆえ遠慮なく駈け込むなり言ってくるなりして下せえ、と機会あるごとに声をかけてはおりやす」

「それはよい。そうしてやってくれ」

「へい。この仙太郎、確かにお約束いたしました」

少しずつ座が賑やかになり出した。

六人衆がいつの間にか、半円を描くようにして、政宗と頭《かしら》仙太郎を笑顔で取り囲んでいた。

今宵は気持よく酔える、政宗はそう思った。

三

朝から雲一つない、いい天気であった。

浅編み笠をかぶって本所伝次郎一家を出た政宗は、両国橋を渡り、仙太郎に教えて貰った道を日本橋室町へ向かった。なあに道を一筋や二筋間違えたって構やしない、という気楽な気分だった。楽しかった昨夕《ゆうべ》の酒は全く残っていない。

朝餉《あさげ》のあとは庭先で半刻（一時間）ばかり、居合の五郎造と韋駄天の政の剣構えを見て細かく指導してやった。また無念の死を遂げた先代の頭《かしら》伝次郎の仏壇へは、柳生宗重から半ば無理矢理与えられた金子《きんす》のほとんどを、供養のために置いてきた。

それで余計に、さっぱりとした気分になっている。

暫く歩いた政宗が、堀川に架かる小橋を渡ると、賑やかな人の流れを縫うようにして向こうから十三、四に見える商家の丁稚風《でっちふう》がやって来た。紫の風呂敷包みを両手で大事そうに持っている。

「すまぬが……」

政宗の方から近寄ってゆき、やんわりと声を掛けると、小僧は「はい」と足を止めた。空《から》の大八車が二人の脇を大きな音を立てて走り過ぎる。

「この辺りは何と言う所かな」

「日本橋田所町《たどころちょう》ですけど」

「日本橋室町までは、まだありそうかえ」

「この道を真っ直ぐに行って、三つ目の角を左へ折れ、掘割の小橋を渡って……」

小僧の一生懸命な説明に、政宗はいちいち優しく頷いてやった。

「よく判った。足を止めてしまって悪かったな」

政宗は小僧の肩を軽く叩いて歩き出した。

大八車がまたしても、騒騒しい音を立てて、政宗を追い越した。

「なんとまあ、棒手振り商い《ぼてふ》(天秤棒《てんびんぼう》をかついだ行商)が多いのう」

政宗は感心した。京《みやこ》の比ではなかった。天秤棒に下げた竹編《たけあ》み籠《かご》に玉子を入れている者、里芋《さといも》を入れている者、大根を入れている者と色色である。ほとんどが単品商いだ。重くなるから、あれもこれもと欲深く籠に詰め込む訳にはいかないのであろう。

と思っていたら野菜や果物などを一緒に詰め込んだ青物《あおもの》商いも、ちゃんと歩いている。が、これは重くなるからであろうか竹編み籠の底が、うんと浅い。

「焼継屋《やきつぎや》は、さすがに京《みやこ》か大坂かな……」

政宗は呟いた。京、大坂ではぼつぼつ見られるようになってきた焼継屋なる棒手振り商いを、政宗は江戸入りしてまだ見かけていなかった。

焼継屋とは、割れた瀬戸物を、漆《うるし》や白玉《しらたま》粉《こ》を接着糊《のり》として直《なお》す商いである。瀬戸物はこの場合、食生活に欠かせない飯碗《めしわん》や茶碗や皿《さら》であることが多い。

御所や公家屋敷が多い京《みやこ》では、江戸よりも早くに成り立ち始めている商いであった(江戸でこの商いが目立ち始めるのは寛政期の初・中期)。

「瀬戸物の奥医師様御膳籠《かご》で参られる……というのがあったな」

明るい京川柳をぽつりと口にして、政宗は微笑んだ。

丁稚風の小僧に聞いた道を眺め眺めしながら歩き続けていると、「日本橋御菓子司　東海《とうかい》」の彫り看板を軒上にかかげている老舗《しにせ》らしい菓子屋が目に留まったので、政宗はそこで「きみしぐれ」という見るからに美味《おい》しそうな菓子を二折り買い、また歩き出した。

「室町はもう間《ま》もなくでございますから……」

表まで見送りに出た手代風が、政宗の背に声を掛ける。

政宗は振り向いて頷き、軽く右手を上げて応えて見せた。

どれほども歩いて、「あれかな」と浅編み笠の先を右手で少し上げた政宗は歩みを緩めた。一町ほど先にそれらしい店があって客が出たり入ったりしている。

大店《おおだな》というほどの構えではないが、それでもなかなかな店構えであった。

その店の出入口から僅かに脇へ逸《そ》れた辺りで、白髪《しらが》の老女と小女《こおんな》に見守られるようにして三、四歳の女児が棒切れで地面に何やら描いている。

政宗はゆっくりりと近付いていった。老女は、やや背中を見せる姿勢をとっているので政宗に気付かない。

政宗が女児と向き合うようにして腰を下げると、浅編み笠で顔が隠された浪人の出現に老女は驚いた。

「何を描いているのかな」

訊かれて女児は手の動きを止め、顔を上げた。この子だ、と政宗には直ぐに判った。目鼻立ちが仙太郎によく似た可愛い子であった。

「にわとり……」と、女児は笑った。左の頬に片笑窪《かたえくぼ》が小さく出来る。

「にわとりかあ。上手だなあ。すると、この丸いのは玉子？」

「うん、玉子……」

女児は頷いて、玉子をもう一つ付け加えて描いた。

「名前を教えてくれないかな」

「小春」

「小春か、いい名だな」

政宗は女児の頭を撫《な》でてやった。小春という名は仙太郎から聞いていたから先《せん》に知っている。

このときになって、白髪《しらが》の老女がハッとしたように店に小駈けに入っていった。

残された小女《こおんな》が、何事か、と不安顔になった。

が、老女は直ぐに、店主らしいこれも白髪の老人――小柄だが恰幅《かっぷく》を備えた――と表に出てきた。

二人の視線は、女児でも小女でもなく浅編み笠の浪人に注がれた。

女児がまた、玉子を描いた。

「小春は玉子が好きだのう」

「うん、好き。玉子焼き、美味しいから」

「私も玉子焼きは大好きじゃ、小春とは気が合うなあ」

「ふふふっ」

女児は、うれしそうに破顔した。

「にわとりを庭にでも飼ってるのかな」

「ヨネちゃん家《ち》で飼ってるの、三羽《わ》も」

「ヨネちゃん?」

「お友達。大工さん家《ち》のヨネちゃん」

「そうかあ、ヨネちゃん家《ち》で飼っておるのか」

「おお……間違いない……間違いない……そのお声は、若様じゃ」

小柄だが恰幅備えた白髪の老人が思わず二歩踏み出して、政宗と幼子との対話に割って入った。

政宗はようやく腰を上げ、かぶっていた浅編み笠を取った。

「おお、や、やっぱり若様……」

「徳兵衛、梅代、久し振りだのう。元気そうで何よりじゃ」

「こ、これは夢ではございますまいか」

「ははは、夢なものか。まこと政宗じゃ」

「なんと……なんと、嬉しやな」

徳兵衛は指先で目頭を押さえ、白髪の老女——梅代——も着物の袂《たもと》で目尻を拭《ぬぐ》った。

政宗は、不思議そうな顔つきで立ち上がった小春の小さな手に、手土産の菓子折りを摑《つか》ませ、抱き上げた。

小春が、くすぐったそうな顔つきで笑う。

「可愛い孫じゃな。これでは私が首を長《なご》うして待っていても、爺《じい》も婆《ばあ》も江戸から京《みやこ》へ戻ってこぬ筈《はず》じゃ、ははは」

「も、申し訳もございません」

腰を曲げて謝ったのは、京の春栄堂でしっかり内儀として京人《みやこびと》に知られてきた梅代であった。

「わびる必要などあるものか梅代。悧発《りはつ》そうな実に素晴らしい孫じゃ」

「ありがとうございます。さ、若様、ともかく店の中へ……」

梅代に促されて、政宗は首にしがみ付いてくる小春の頭を右手で撫でてやりながら、店の大暖簾を潜《くぐ》った。

店内は、客と店の者とのやりとりで賑わっていた。侍もいれば、商家の内儀風、職人風と京菓子で鳴らした春栄堂は、大層な人気のようだった。

政宗は小春を抱いたまま、徳兵衛に案内されて奥座敷へ通された。

仙太郎の恋女房が、梅代に伴われて直ぐに奥座敷へ挨拶に現われた。木場を仕切る本所伝次郎一家の恋女房とは思えぬほど、色白で優しい顔立ちの女《ひと》であった。人柄の善《よ》さを顔立ちが物語ってもいた。それに言葉作法も、立ち居振舞いの作法も誠によく心得ていて、京銘菓で名高い春栄堂の若内儀としても全く遜色《そんしょく》がなかった。

政宗が、本所伝次郎一家でひと夜世話《ばん》になって此処へ訪れた事を告げると、仙太郎の恋女房は、徳兵衛梅代以上に大層驚き、喜《よろこ》んだ。

梅代と仙太郎の女房と小春が去って、奥座敷は政宗と徳兵衛の二人だけになった。

うまい茶をひと口すって、政宗は物静かに切り出した。

「仙太郎はいい女房を得たのう。飲む打つ買うの荒くれた時期があったとは申せ、父親徳兵衛の厳しい教えは、人を見る目、人を選ぶ目で、きちんと生きておったのだなあ」

「かつて江戸で知られていた私の店が、仙太郎の飲む打つ買うで傾いてしまい、私と梅代は夜逃げ同然で京《みやこ》へ逃げました。苦労して京の春栄堂を成功させ、一時は勘当した仙太郎も立ち直って、江戸のこの店もどうやら上手くいきそうでございます」

「それに出来た嫁、可愛い孫じゃ。苦労した甲斐《かい》があったのう。それもこれも徳兵衛の人柄が輝いておるからだな」

「恐れ多いお褒《ほ》めの御言葉でございます。ところで若様……」

「ん?」

「此度《こたび》は遠い京《みやこ》から、なにゆえまた不意に江戸入りなされたのでございますか。この徳兵衛、お会いできて心底嬉しく思う以上に、何事かあっての事かと心配致しましてございます」

「はははっ。心配させてすまぬ。なれど私にも一度は江戸見物をさせてくれい徳兵衛」

「とは申されましても、若様が単に物見遊山《ゆさん》で訪れたとは思えませぬ。この徳兵衛は昨日《きのう》や今日、若様を知ったのではございませぬゆえ、そのお人柄や御気性《きしょう》、お考え方など、ようく存じ上げておる積もりでございまする」

「まあまあ徳兵衛、そう迫《せま》ってくれるな。この政宗とて、時にのんびりと長旅をしてみたいと思う時があるのだ。それでよし、としてくれぬか」

「わたくしは京《みやこ》の若様の御住居《おすまい》紅葉《もみじ》屋敷をよく存じ上げる立場の者。また京の春栄堂の発展は、若様の御母君の、武家お公家方に対するお力添えによるところ多うございました。それゆえこの徳兵衛、若様が江戸入りなされたと知った以上は、うるさい邪魔だ、と思われましょうとも御世話の限りを尽くさせて戴きまするぞ」

「おいおい徳兵衛……」

「いいえ。江戸に御滞在中は二間《ふたま》続きで十八畳のこの奥座敷をお使い戴きます。客で賑わう表の店から出たり入ったりするのは煩《わずら》わしゅうございましょうから、ほれあそこ庭の向こうに見えておりまする勝手門をお使いになって下され。むろん、朝昼夜の御食事は、この奥座敷へ運ばせまする」

「うーん……」

「いいえ。そうさせて戴きまする。させて下さい。そうでないとこの徳兵衛、若様の御母君や御屋敷の皆様に申し訳が立ちませぬゆえ」

「わかったよ徳兵衛。では、その言葉に甘えさせて戴こう」

「そうですとも。そうなされませ、そうなされませ」

と、目尻に涙の粒を浮かべる、義理人情大事の徳兵衛であった。

「だがな徳兵衛。昼の食事はいらぬ。私の自由にさせておくれ」

「あ、江戸市中を見て回りなさいまするか」

「うん。しかし、案内《あない》してくれる供などは不要ぞ。のんびりと一人で、ぶらぶら歩かせてくれ」

「判りました。若様の剣のお腕前は、充分以上に存じあげておりまするから、お一人歩きについては承知いたしました」

「そうか、承知してくれるか」

「はい」

政宗はにっこりと目を細め、徳兵衛は指先で目尻の涙を拭った。

「それにしても、元はこの江戸で大店商《おおだなあきな》いをしていたとは申せ、僅か一年余の間によく江戸春栄堂をここまで大きく出来たものよな」

「京銘菓、という売り出し方が宜しかったのでございましょうか。はじめは、何が京銘菓じゃ、と反発の目が向かってくるのではと少し気がかりでしたが、さすが江戸人《えどびと》の胆《はら》は太うございました。評判よく味わって貰っております」

「徳兵衛も梅代も元元は江戸の生れ、江戸の育ちであるから、商いの仕方というものが通じたのであろう。ただ才覚だけで商売が成功するとは思えぬ。江戸流の呼吸じゃ。呼吸が通じたのじゃ」

「呼吸……剣術と同じでございまするな」

「左様。それにしても立派な店ぞ。仙太郎から聞いたところによれば、大名旗本家への出入りも少なくないとか」

「はい。お陰様にて御三家の水戸様ほか多くのお大名旗本家に出入りさせて戴くまでになりました」

「仙太郎から、近頃の江戸は物騒この上なく、小大名小旗本家が正体のよく判っておらぬ集団に次次と襲われている、と聞いた。商いとは申せ大名旗本家へ出入りするからには、江戸春栄堂も気を付けねばならぬのう」

「まことにその通りでございます。それにつきましては、実は、ちと気になっている事がございまして」

「気になること?」

「お大名旗本家へは一番番頭、二番番頭、手代などが手分けして出入りさせて戴いておりまして、何回かに一度は、御礼挨拶のため私も顔出しさせて貰っております。ただ御三家水戸様だけは、かつて江戸で大店商《おおだなあきな》いを致しておりました頃、色色と大変御世話になっておりました事から、この徳兵衛が出入りさせて戴いております」

「うむ、それで？……」

「ところが先月の末頃から、水戸様上屋敷の周辺で、余り感心しない光景が見られるようになり、誰にも申してはおりませんが、気になっておりまして」

「余り感心しない光景というと？」

「浪人の姿が目立つようになったのでございます。浪人すべてが悪人、などとは思ってはおりませぬので、気にし過ぎかと自分を戒《いまし》めておりまするが、しかし……」

「どうした」

「その浪人たちが、表立って目立っている訳ではないのですよ。商家の角や柳並木の陰、つまり隠れるような位置にいるのを、幾度となくこの徳兵衛の目が捉えておりましてな」

「水戸の藩公と徳兵衛とは、直接に親しい間柄と見てよいのか」

「水戸の御殿様にお目にかかれるのは、私とて多くて年に二、三度のことでしかありません。私といつも会って下さいますのは、藩勘定方御重役の一人、牧野伊《まきのい》蔵信為《ぞうのぶため》様とおっしゃる御方です」

「水戸様上屋敷の周辺に、妙な雰囲気の浪人たちの姿があること、その勘定方御重役は気付いておられるのかな」

「いいえ。屋敷内はいたって平穏で、これといった緊張感は全く感じられません。ですから、私の気にし過ぎかと……なにしろ江戸は今、物騒でありまするから」

「ま、水戸様上屋敷に出入りする際は一応、気を付けた方がよい。出来れば徳兵衛単身で訪ねるのは止《よ》し、番頭か手代を伴《ともな》うのがよいな」

「そうですね、そう致しましょう」

政宗は徳兵衛と京《みやこ》の話なども充分に交わしてから、「すこし散歩を楽しんで来よう」と、梅代と小春に見送られて春栄堂を出た。

往《ゆ》き交《か》う人人に訊ねるなどしながら、思いのほか早くに大外濠川（神田川）に架かる小石川御門橋前に着いた。

そして、そこで目に飛び込んでくるのは、見る気がなくとも見ざるを得ない、白塗り土塀に囲まれた壮大な屋敷であった。

「あれか……御三家はさすが、凄い」と、政宗は呟いた。

「常陸《ひたち》水戸藩の民百姓はたび重なる飢饉に苦しめられている、と京《みやこ》にまで知れわたっている。その藩主の江戸上屋敷が、この壮大さとはなあ」

呟きを繰り返して、政宗はさり気なく周辺を見まわした。

が、怪しいと感じられる浪人の姿は、どこにも見当たらなかった。

上屋敷御門を挟むようにして左右脇にそれぞれ、六尺棒を手にした杖突《つえつき》門衛がいかめしい顔つきで二人ずつ立っている。

政宗は、ともかく水戸藩上屋敷をひと回りしてみる事にした。

屋敷沿いのひっそりとした通りを歩き始めてみて、聞きしに勝る広大な屋敷である、と政宗は理解できた。

京《みやこ》には、とてもこれだけの屋敷は見られない。

(京《みやこ》にある我が紅葉屋敷など、この水戸屋敷の恐らく七、八十分の一くらいしかないのであろうなあ。いや、もっと小さいかも)

胸の内でひとり呟き、苦笑する政宗であった。

長い長い白塗りの土塀を左手に、中小の旗本屋敷や町家を右手に見て歩くうち、低い屋根の町家の向こうに鬱蒼《うっそう》たる木立がうかがえ、控え目に打つ鐘の音が漂ってきた。

漂ってきた、と感じるほど控え目な打ち方であった。

「豆腐〜い、豆腐」

黄色い声を張り上げて向こうから、天秤棒を肩にして老爺《ろうや》がやってきた。

天秤棒の両端に、底の浅い四角な箱を下げている。

政宗は老爺が近付いてくるのを待って声をかけた。

「ちと訊ねるが」

「へい」と老爺の足が止まって、豆腐を泳がせている底の浅い四角な箱から、ピチッと水玉がはねた。

「向こうに見えている森から鐘を打つ音が聞こえてきたが、あれは?」

「お江戸の方ではございませんので?」

「うむ、まあな」

「伝通院《でんづういん》でございますよ。初代将軍徳川家康様のご生母、於大《おだい》の方様《かた》の菩提寺です」

「お、あれが伝通院であったか」

「どういう訳かは知りませんが、境内の警備が大層ものものしい日と、誰でもが自由に参詣できる日とがあるようでしてな。私は余り関心ありませんが、今日はかなりの人が詣《もう》でているようですよ」

「ふうん」

「今日は日和もいいし、是非にお参りしてきなされ」

「そうよな。そうするか」

「御浪人さん、お参りの前に豆腐をひとつ如何です?」

「豆腐をなあ、小腹が少し空《す》いてはおるが、味はどうなのだ」

「食べて不味《まず》けりゃあ、お代は要《い》りませんよ」

「が、どうして食べるのだえ。皿が無いぞ」

「なあに……」

老爺はニッとすると、豆腐を泳がせている四角い箱の底を引いた。

なんと平べったい引き出しになっていて、鉋《かんな》をよく利かせた五寸角くらいの薄い板皿が何枚か入っていた。

そのうちの一枚を取り出して豆腐半丁をのせた老爺が、「へい、どうぞ」と政宗に箸《はし》を添えて差し出した。半丁とは言え、かなり大きい（現在の約二丁分相当）。

「用意がいいのう」と、政宗は笑った。

「これでなきゃあ売れません。あ、ちょっと待って下さい」

老爺は、帯にはさんだ細い竹筒を抜き取って口栓をはずし、中に入っていた醬油を二、三滴豆腐の上に垂らした。

政宗はにこにこしながら箸で豆腐の上の醬油を広げ、角を割って口に含んだ。

「おう、これは……」

「どうです？」

「うまい。実にうまい」

「半丁程度の冷たい豆腐を行儀悪く立ったまま一気に食べる、というのが、これまた美味《うま》いのですよ」

「なるほど、そうかも知れぬなあ」

食べ終えた政宗に老爺は、十九文を求めた。

「このように人出のない通りを売り歩いていて商売になるのかえ」

「見ての通り、水戸様の御屋敷は別格として、中小の武家屋敷が多くございましょう。結構、声がかかりますんで」

「そうか。味がいいからのう」

政宗は十九文を支払って、老爺から離れた。

於大の方の菩提寺、伝通院を訪ねてみる積もりであった。徳川家康の生母於大の方が、大変聡明で才知にたけた美しい女性であったと、学び知っている政宗である。

於大の方に、強い関心を抱いてもいた。京《みやこ》の紅葉屋敷には、彼女について数百行に亘《わた》って記述された文献を、所持してもいる。

於大の方は、戦国荒波の犠牲となった、典型の女性《ひと》であった。

家康を産んで幸せの絶頂だった於大の方の実家水野家がある日突然、「織田家の麾下《きか》に属する」事を表明すると、今川《いまがわ》家寄りであった彼女の気弱な夫松平広《まつだいらひろ》忠《ただ》(家康の父)は、今川家への遠慮・恐れから水野家と断交し、最愛の妻於大の方を離縁してしまった。

生後僅かに一年半の竹千代《たけちよ》(家康の幼名)を残して実家へ戻った於大の方の、悲劇のはじまりであった。

於大の方は間《ま》もなく、実家の当主である異腹兄の申しつけに従い、別れた夫への愛を断ち切れないまま、織田家に随身《ずいじん》する久松《ひさまつ》佐渡守俊勝《としかつ》と再婚させられた。

つまりは、政略結婚であった。好きも嫌いも、否《いや》も応《おう》もなかった。

やがて力をつけてきた家康は、自分を置きざりにして再婚した母を、優しく受け入れ、慶長七年(一六〇二年)八月二十八日に亡くなるまで孝養の限りを尽くした。

今より六十八年前に、家康に見守られて七十四歳の生涯を終えた於大の方を、政宗は、奥鞍馬にひっそりと棲《す》む実の生みの母華泉門院《かせんもんいん》と重ね合わせる事が少なくなかった。いま京紅葉屋敷に住む母は、育ての母であって、華泉門院の実の妹である。姉妹ともに絶世の美人として京の公家衆に知られた女性《ひと》だった。

「はて?」

伝通院の山門の前まで来て、政宗は呟いた。

豆腐売りの老爺は「……今日はかなりの人が詣でているようですよ」と言ったが、山門の内にも外にもそのような様子はない。

政宗は、ともかくも山門を潜った。

境内は静まり返っていた。参詣する者の姿はおろか、寺の小僧や寺男の姿さえも見当たらない。

木立の奥の方で、烏《からす》がひと鳴きした。

政宗は山門から十数歩進んだ辺りで立ち止まり、静かなまなざしで辺りを見まわした。

広大な境内であった。それは政宗の想像を大きく超える広大さであった。

伝通院は正しくは無量山寿経寺《じゅきょうじ》と称し、今よりおよそ二百五十年以上も前に創建された、浄土宗関東十八檀林の一つに数えられる名刹《めいさつ》である。

慶長七年九月十六日に於大の方の遺骸《いがい》がこの寿経寺に埋葬されたことにより、その法名伝通院殿蓉誉光岳智香大禅定尼《でんづういんでんようよこうがくちこうだいぜんじょうに》から、寺号が「伝通院」と改まったのだった。

「千姫様《せんひめ》（二代将軍徳川秀忠の長女）や三代将軍徳川家光様の御正室（中の丸殿・関白左大臣鷹司信房の娘）の墓所も、確かこの伝通院であった筈……」

そう呟きつつ政宗は、境内の奥へと足を向けた。

回向院で水戸藩公が襲われたのは、昨日のこと。そのことを忘れる筈もない政宗だった。したがって四方へ注意を払っていた。さり気なく、ぶらりと歩いている様子を見せてはいたが。

（恐れ多くも此処は東照大権現《とうしょうだいごんげん》（家康の神号）ご生母の菩提寺。千姫様や中の丸殿も眠っておられる。よもや此処で血の……）

政宗がそう思ったとき、研ぎ澄まされていた聴覚が微《かす》かにビンッという音を捉えた。

瞬時に聴覚はその方角を「右手前方」と政宗に伝え、この瞬間政宗は姿勢を低くして、境内に敷き詰められている白い玉砂利を蹴っていた。

奥鞍馬で、鹿、熊、猪、猿を相手とし、昼夜の原生林を駈け回ってきた政宗である。

速い！

間を置かず、たて続けに生じるビンッビンッという微かな音。

政宗の頭、首、背すれすれに、次次と矢が襲いかかった。

裂かれた空気が鋭く鳴る、また鳴る、さらに鳴る。

正面の深い木立の中へ走り込んだ彼は、巨木と灌木《かんぼく》の間を縫うようにして、右手前方へ全力疾走に移った。

（飛び道具に立ち向かう時、己れの肉体もまた矢玉と化すべし）

それが奥鞍馬に於ける政宗の文武の師、夢双禅師の教えであった。

妥協のない厳しい教えであった。時には実際に師が真剣に放った矢玉の下をかい潜り、あるいは叩き切って、師と立ち並ぶ数本の巻き藁《まきわら》を一瞬の内に両断したりする。

政宗が抜刀した。矢を射かけた数人が、杉の巨木の向こうに見え隠れしていた。

政宗は風と化した。一気に迫った。ほとんど足音を立てず、気配も発しない。

が、相手の内の一人が、こちらを見て気付いた。

双方の間はこのとき、およそ三間《げん》（約五・四メートル）。

「来たっ」

相手は叫びざま弓矢を捨て、刀の柄に手をかけ、政宗が飛燕《ひえん》の如く舞う。

相手の刀が六、七分ばかり鞘から抜けるよりも早く、銘刀粟田口久国が打ち下ろされた。

抜刀の姿勢のまま、相手の首が胴から離れ、落葉の上にドンッと叩きつけられる。

このときには既に、粟田口久国は二人目の左胸を刺し貫き、三人目を袈裟斬りにしていた。圧倒的な力の差。

残るは二人。

一人が至近から弓を放ち、もう一人は抜刀して政宗に向かった。射手の前に、立ち塞《ふさ》がるかたちで。

政宗から、射手を隠した。それが功を奏した。

粟田口久国が相手の剣を打ち払うのと、政宗の顔が「うっ」と僅かに歪《ゆが》むのとが同時であった。

矢が、政宗の左大腿《だいたい》部を射貫《いぬ》いていた。

それでも政宗の動きは衰えない。三合目で相手の右手首を斬り落とし、相手は悲鳴をあげることもなく飛び退がって蹲《うずくま》った。

残った一人が弓を手放し、抜刀することもなく政宗に正対した。案外に落ち着いている。

「さすが正三位大納言左近衛大将、松平政宗様。われらの想像より遥かにお強い」

曇った声であった。

「何処にても見られる当たり前な侍の風体だが……忍びだな」

「左様」

「ほう、素直なことだ。江戸城の本丸庭園で上様と私に襲いかかり、全滅せし忍びの仲間か」

「我我の仲間は上様を襲った訳ではない」

「私だけを暗殺せんとしたか」

「その通り」

「申せ。江戸入りしたばかりの私を、なぜ執拗《しつよう》に狙う」

「邪魔だからでござる」

「邪魔？」

「左様。ただ、それだけの事でござる。それ以外の理由はない」

「どこの忍びじゃ。言えぬか」

「言えませせぬ。それより、脚は痛みませぬか。かなり血が……」

「痛いのう。気が遠くなるほど痛い」

「では、気を失わぬ内に、お命頂戴致す」

「なぜ鉄砲を用いず、弓矢に頼ったのじゃ」

「鉄砲はその威力の割には、発砲音が大袈裟《おおげさ》でござる。その音をこの寺院で生じさせる訳には参りませぬ」

「なるほど、伝通院への配慮という訳か」

「それに鉄砲であろうと弓矢玉であろうと、簡単に政宗様を倒せるとは、はじめから思うてはおりませなんだ」

「だが、一矢は私の脚を貫いておる」

「どうなされます？」

「ん？」

「苦痛でこれ以上は闘えぬ、と潔《いさぎよ》く腹を召されるならば、介錯《かいしゃく》お手伝い致しまするが」

「その方、余程に私が憎《にく》いな。目つきが、そう言うておる」

「憎うござる……そして、いささか羨《うらや》ましくもござる」

「羨まし……か。その方、これ迄に私が倒した忍びたちの頭《かしら》の一人じゃな。それもたった一人残る結果になってしもうた」

「なんの。頭《かしら》の力量ある者は、まだ控えており申す。しかし、あなた様のために配下の多くを失うてしまいました」

「何処の誰に頼まれたかは知らぬが、真理に背く事を何一つ犯していない私に、愚《おろ》かにも一方的に剣を突きつけてくるからじゃ。教えてはくれぬか。そなたたちに誤った愚かな命《めい》を発しているのは一体何処の何者じゃ」

「さて、何のことやら」

「ま、よい。その気で調べれば、いずれ判ることじゃ」

「お相手を」

「残り少のうなった頭《かしら》として、配下を弔《とむろ》うてやらぬのか」

「あなた様を倒した後でやりまする。余計な心配はご無用に」

「そうか……」

「参る」

「せめて名でも教えてはくれまいか。そなたは私の名を存じておるのじゃ」

う」

「打滝四郎三郎助《うちたきしろうさぶろうのすけ》」

「打滝四郎三郎助……いい名じゃ。それもどうやら〝忍び侍〟格の名であるのう」

政宗は懐紙で粟田口久国の汚れを丁寧に清め、鞘へ戻した。

残り少なくなったという忍びの頭《かしら》、打滝四郎三郎助に対する、それが政宗流の敬意の表し方だった。

とたん、打滝四郎三郎助が豹変《ひょうへん》した。政宗流敬意に気持を奪われるような忍びではなかった。

真っ向から、それも閃光のような速さで斬り込んできた。

政宗は上体を横へ深く倒しざま、半ば抜刀した鍔元《つばもと》あたりで暗殺剣を受けた。

辛うじて、受けた。それほど速い素晴らしい斬り込みだった。

双方の刃がガチンッと打ち鳴ったとき、忍び刺客四郎三郎助はすでにヒラリと飛び退がっていた。

だが、それをそのまま許すような政宗ではない。

僅差《きんさ》のまま、粟田口久国の切っ先が、ぐーんと伸びるように進む。

眦《まなじり》を吊り上げた四郎三郎助の剣と、ほとんど無表情な政宗の剣とが二合、三合、四合と打ち合った。

鋼《はがね》が打ち鳴る。チンッ、ガチンッと連続して激しく打ち鳴る。

しかも双方、目にも留まらぬ速さ。

同時に双方が離れた。政宗は高め正眼。四郎三郎助は下段に構えたあと、峰を返して刃を政宗に向け、そのまま静かに右腰の後ろへ移した。

その異様な構えに、政宗の目が光った。

が、その表情が突然、歪んだ。矢に貫かれた大腿部から耐え難い激痛が這《は》い上がってきた。それだけではなかった。ひきつれるような痺《しび》れが襲いかかってきた。

(毒か……卑劣《ひれつ》な)

政宗はべつに驚かなかった。恐怖もなかった。ひとたび剣を抜いて対峙《たいじ》すれば何事があるか知れない、とは常日頃から思っていることだった。

四郎三郎助が白い歯を覗《のぞ》かせてニヤリとした。

忍びの足が、地を蹴って宙に躍《おど》った。政宗の目をくらますような飛び方だった。背中を政宗に向け、「どうぞ斬って下さい」と言わんばかりの飛翔《ひしょう》だった。そう、飛び方、というような生易《なまやさ》しいものではなかった。まるで激突するかのような勢いで、覆いかぶさるような背中が迫ってきた。

政宗の粟田口久国が、誘い込まれるように忍びの背を斬らんとした。

その政宗が、もんどり打って、仰向けに転倒した。

忍びの両腋《りょうわき》の下から放たれた何かが、矢継ぎ早に政宗の左肩、右胸、喉元に襲いかかる。

転倒した政宗の上を飛び越えるようにして、忍びはフワリと着地した。

その瞬間には、政宗は身を起こし、正眼に構えていた。

が、上体は大きくひと揺れし、危うく膝が折れかけた。

肉体《からだ》の何か所にも、八方手裏剣が深深と食い込んでいた。

たちまち鮮血が噴き出した。

いかな剣客の政宗といえども神ではない。その現象・姿形が何を意味するか、全てを寸分の狂いなく正確に見抜けるものではない。

忍びの異様な〝背跳び〟が、八方手裏剣の両腋下からの隠し撃ちを意味するとは、さすがの政宗も見抜けていなかった。

しかも忍びは、刀をいつの間にか鞘に収め、更にまだ八方手裏剣を両手にしている。

正眼の構えのまま政宗はよろめき、背後の杉の巨木にもたれかかった。

忍びが八方手裏剣を懐にしまい、再び抜刀して北叟笑《ほくそえ》む。

「ふふっ。苦しゅうございますか。つまるところ青侍の剣など、忍びには通用致しませせぬよ」

「ふううう……」

五感の痺《しび》れが強くなっていく政宗は、苦し気に息を吐き出すと、粟田口久国の切っ先を支え切れぬかのように地に落としてしまった。両の肩を大きく浮き沈みさせ、その様子は、少しでも苦しさから逃れようとしているかのようだった。

しかも、力なく目を細め、そして閉じた。変わらぬのは、その端整な彫りの深い気品に満ちた面《おもて》だけであった。

「苦しいですかな……もっと大きく息を吸いなされ。もっと大きく、ほれっ」

忍びは、政宗との間をジリッと詰めた。彼は勝利を慌ててはいなかった。間《ま》もなく相手の全身が痺れに覆われ、容易に斬り倒せる状態になることを知っていた。

油断もしていなかった。なにしろ目の前で、配下の幾人かがアッと言う間《ま》に政宗の粟田口久国によって倒されたのを見ている。

(恐るべし……政宗)

その思いを、しっかりと胸に抱いていた。

杉の巨木にもたれかかる政宗が、静かにゆっくりと首《こうべ》を垂れた。両の肩を波打たせていた呼吸が弱まっていく。それは真夏の強い太陽の照りつけによって、次第に氷塊が融《と》けていくかのようであった。

忍びが、またしても政宗との間を詰め、刀を大上段に振りかぶった。

しかし、まだ切っ先が一気に届く間ではなかった。あともう少し、足を前に這わせる必要があった。

このとき、刀の柄を握り締《し》めていた政宗の手指が、開き出した。

忍びは、破顔した。はっきりと笑った。

やがて政宗の手から、銘刀粟田口久国はこぼれ落ち、それは彼の左大腿部を射貫いている矢羽に当たって、足元に静かに横たわった。

その銘刀自身も完全に息切れたかの如く、かすかな音さえも立てない。

「いえいッ」

好機到来《とうらい》とばかり、裂帛《れっぱく》の気合を放って、忍びは宙へ激しく躍《おど》り上がった。

いや。躍り上がろうとした、と言い改めるべき驚愕《きょうがく》の事態——忍びにとって信じられぬような事態——が、その瞬間爆発的に生じた。

死《し》に体《たい》……まぎれもなく、そうとしか思えない政宗が、背後の杉の巨木を両足裏で蹴って宙に飛ぶや反転し、忍びの頭上に達したのだ。

忍びは、わが目を疑った。疑ったがその意識の片隅に、小さな安堵《あんど》があった。

政宗の粟田口久国は、杉の巨木そばに落ちたままだ。

その安堵を、政宗の小刀が渾身《こんしん》の力で頭上より断ち割った。

「げえっ」

忍びは、眉間《みけん》から喉元にかけて深深と裂かれ、投げつけられるように地面に沈んで二度も弾んだ。

強烈!

同時に政宗が忍びと並んで、宙から落下し倒れた。

そこまでが政宗に残された渾身の一撃であり、渾身の業《わざ》であった。

薄れゆく気力の中で、政宗は自嘲気味に微笑んだ。
(何という未熟者《みじゅくもの》よ松平政宗……)
彼は己れを笑い、そして闇の世界へ落ち込んでいった。
静けさが、ようやく木立の中に広がっていく。
黄色い声音で野鳥が甲高く囀《さえず》ったが、もはや政宗の耳へは届かなかった。

(下巻につづく)

「門田泰明時代劇場」刊行リスト

ひぐらし武士道
『大江戸剣花帳』（上・下）
徳間文庫 平成十六年十月
光文社文庫 平成二十四年十一月
新装版 徳間文庫 令和二年一月

ぜえろく武士道覚書
『斬りて候』（上・下）
光文社文庫 平成十七年十二月
徳間文庫 令和二年十一月

ぜえろく武士道覚書
『一閃なり』（上）
光文社文庫 平成十九年五月

ぜえろく武士道覚書
『一閃なり』（下）
光文社文庫 平成二十年五月
徳間文庫 令和三年五月
（上・下二巻を上・中・下三巻に再編集して刊行）

浮世絵宗次日月抄
『命賭け候』
徳間書店 平成二十年二月
徳間文庫 平成二十一年三月
祥伝社文庫 平成二十七年十一月
（加筆修正等を施し、特別書下ろし作品を収録して『特別改訂版』として刊行）

ぜえろく武士道覚書
『討ちて候』（上・下）
祥伝社文庫 平成二十二年五月
徳間文庫 令和三年七月

浮世絵宗次日月抄
『冗談じゃねえや』　徳間文庫　平成二十二年十一月
光文社文庫　平成二十六年十二月
（加筆修正等を施し、特別書下ろし作品を収録して『特別改訂版』として刊行）

浮世絵宗次日月抄
『任せなせえ』　光文社文庫　平成二十三年六月

浮世絵宗次日月抄
『秘剣　双ツ竜』　祥伝社文庫　平成二十四年四月

浮世絵宗次日月抄
『奥傳　夢千鳥』　光文社文庫　平成二十四年六月

浮世絵宗次日月抄
『半斬ノ蝶』（上）　祥伝社文庫　平成二十五年三月

浮世絵宗次日月抄
『半斬ノ蝶』（下）　祥伝社文庫　平成二十五年十月

浮世絵宗次日月抄
『夢剣　霞ざくら』　光文社文庫　平成二十五年九月

拵屋銀次郎半畳記
『無外流　雷《いなずま》がえし』（上）　徳間文庫　平成二十五年十一月

拵屋銀次郎半畳記
『無外流 雷《いなずま》がえし』（下）　徳間文庫　平成二十六年三月

浮世絵宗次日月抄
『汝 薫るが如し』　光文社文庫（特別書下ろし作品を収録）　平成二十六年十二月

浮世絵宗次日月抄
『皇帝の剣』（上・下）　祥伝社文庫（特別書下ろし作品を収録）　平成二十七年十一月

拵屋銀次郎半畳記
『俠客』（一）　徳間文庫　平成二十九年一月

浮世絵宗次日月抄
『天華の剣』（上・下）　光文社文庫　平成二十九年二月

拵屋銀次郎半畳記
『俠客』（二）　徳間文庫　平成二十九年六月

拵屋銀次郎半畳記
『俠客』（三）　徳間文庫　平成三十年一月

浮世絵宗次日月抄
『汝《きみ》よさらば』（一）　祥伝社文庫　平成三十年三月

拵屋銀次郎半畳記
『俠客』（四）　徳間文庫　平成三十年八月

浮世絵宗次日月抄
『汝《きみ》よさらば』（二）　祥伝社文庫　平成三十一年三月

拵屋銀次郎半畳記
『俠客』（五）　徳間文庫　令和元年五月

浮世絵宗次日月抄
『汝《きみ》よさらば』（三）　祥伝社文庫　令和元年十月

『黄昏坂《たそがれざか》　七人斬《ななにんぎ》り』　徳間文庫
（特別書下ろし作品を収録）　令和二年五月

拵屋銀次郎半畳記
『汝《きみ》想《おも》いて斬《ざん》』（一）　徳間文庫　令和二年七月

浮世絵宗次日月抄
『汝《きみ》よさらば』（四）　祥伝社文庫　令和二年九月

拵屋銀次郎半畳記
『汝《きみ》想《おも》いて斬《ざん》』（二）　徳間文庫　令和三年三月

この作品は2010年5月祥伝社より刊行されました。

徳間文庫

ぜえろく武士道覚書

討《う》ちて候《そうろう》 上

2021年7月15日 初刷

著者 門《かど》田《た》泰《やす》明《あき》

発行者 小宮英行

発行所 株式会社 徳間書店

東京都品川区上大崎三−一−一 〒141−8202
目黒セントラルスクエア

電話 編集〇三(五四〇三)四三四九
販売〇四九(二九三)五五二一

振替 〇〇一四〇−〇−四四三九二

印刷
製本 大日本印刷株式会社

ISBN978-4-19-894657-9 (乱丁、落丁本はお取りかえいたします)

徳間文庫の好評既刊

門田泰明
ぜえろく武士道覚書
斬りて候 下

人々を震撼《しんかん》させた惨殺事件の犯人が捕縛《ほばく》され、平安が訪れたかに見えた京に再び暗雲が！　東町奉行所同心・常森源治郎《つねもりげんじろう》に協力する松平政宗《まつだいらまさむね》が贔屓《ひいき》にする小料理屋「胡蝶《こちょう》」の美人女将《おかみ》・早苗《さなえ》は仇《かたき》を追って江戸から京に出てきたというがその正体は？　そして京を震え上がらせる陰謀に立ち向かう政宗を待ち受けるものは!?　大衆文学の息を呑む要素を凄絶化した門田泰明時代劇場代表作のひとつ！

徳間文庫の好評既刊

門田泰明
ぜえろく武士道覚書
一閃なり 中

謎の剣客・松平《まつだいら》政宗《まさむね》が贔屓《ひいき》にする小料理屋「胡蝶《こちょう》」の美人女将《おかみ》・高柳《たかやなぎ》早苗《さなえ》もまた謎の女。その早苗を狙って幕府隠密集団が動き出したのだ。早苗を救うため、政宗の愛刀・粟田口《あわたぐち》久国《ひさくに》が乱舞する。そんな中、大老・酒井《さかい》忠清《ただきよ》が上洛《じょうらく》することになり、政宗が警護に当たる。闇の忍群との激闘の末、政宗は意識不明の深手を負った！　娯楽文学の荒野を疾駆《しっく》する「門田泰明時代劇場」の大長篇第二弾！